他們真正賞玩的，
是在同類物品中靈敏感受到外行人難以察覺的差異的感性。

——夏目漱石〈余と万年筆〉，一九一二

玩物誌

潘家欣——著

推薦序

擬容取心——讀潘家欣《玩物誌》

國立臺灣師範大學國文系教授　范宜如

潘家欣的詩有一種**妖獸**的**雜色**，穩定如**青銅器**靈澈如**琉璃**；一匹誠謹的**負子獸**，一道鑿開的**珍珠帖**……以上，並非像博物館一般陳列家欣的書名（更何況也不只有這些），而是想指出，即便擁有創作經驗如此豐富的她，面對寫散文這件事，她是躊躇的。

不是虛構與眞實的問題（需要怎樣的虛？何者不構？如何度量眞實？）也不是筆法的蘊義，情感收放的考量；而是回返自身，要怎麼安放那種「野」的力道？那奇曠的神思？她說散文是「慢慢湧起的密雲」，是「**過場**」（其實，也是「**在場**」），一個手藝人、詩人、教學者、煮婦（自稱地方中年婦女，其實是育兒界的二刀流）要如何抵達自己對於散文書寫設下的高度？而現在，家欣的第一本散文成型，翩然崢嶸，深刻如是，如其所是。

我曾見過大學時代的她，南部來的女孩總是低調，但課堂上聰明的眉目，讓人就此記住的豪邁字跡與書寫，如印之印泥。她的文字經常打動我，一種特殊的質地，執拗的沉著的低音，像極了她的字體，狂放間的靜定，勁拔之中淵深的音色。那一年還偷偷去看她的美術系畢展，看她長成怎樣的藝術面貌。之後，默默關注她的創作，她的詩集是自費出版，我也衝動下訂。收到詩集，心中一熱，家欣還特地手寫便箋，並捎來自製的版畫卡片。原來她是記得的啊。

她什麼都記得。

她接納，她思索，她感恩，她信任。跨越抒情的藩籬，面向死生羈絆。

玩是一種興味，玩是遊戲，玩也是一種人與時間的頡頏。然而，玩的背後是工夫，是修復。這本《玩物誌》不文青不炫技（固然可以看見她的賞鑑工法，一個藝術家的養成），往往有「蠶服亂頭，不掩國色」式的自我現身。折斷了的和闐黑玉，用熱水蒸著玩的奇楠沉木墜，甩了滿桌墨水的鋼筆，在一千兩百度高溫之下全數燒破了的志野燒……透過這些斷、折、毀、破，照見物性的存在與本質。於是我們看見詩人潘家欣的「物」中風景。育兒者如何玩物？——既是「從鐵齒少年進化成一個薩滿人生」，也是「一眼燦爛」，「瞬間褪色軟爛」。地方中年婦女如何體「物」？——在「錯」裡找空間，找尋颱風裡面那寧靜的眼。

這部《玩物誌》像一個卷軸，且行且止，順著卷一「玉之所以為玉」、卷二「如硯或者如墨」，從青春行至微中年，解識時間的刻度，看見創作者養成的路徑。於是從玩硯，墨及其週邊（筆洗轉身成為大學女生宵夜的容器，寫來一派得意），到女性成長歷程的衝撞與承擔，在生活細節中打開自由的窄廊。卷三「土、火焰與灰燼」以茶碗為生活造型，茶碗如幼獸如名媛。喝茶是家庭的傳承與教養，土的嬌氣需要時間的重構，朝花夕影，一期一會，物質感官深化人的鑑識。卷四「幽玄之地」寫圍棋，看似書寫對弈的戰術，其實是面向人間江湖，看見自己的心魔，學著好好地活。卷五「陰影至深處」關乎藝術創作的思考，處處有刺點。我很喜歡〈西恩潘與神奇小熊〉這一篇，談寫作者隱藏的寫作人格。西恩潘可以帶出作品的狂放，卻也最能打擊創作者對世界的天眞，那溫柔的善意。這篇文章是寫作的重要心法，可以成爲書寫者的定海神針。

寫物之難，不在於知識或經驗，而在一種品味與角度。與其說《玩物誌》是家欣與各種物之間的連結，不若說是家欣如何解釋萬物的奧義。透過物，重新看見生活的造型。你不能簡單地說這是記物書寫，也無法簡單歸類——墨是青春，棋是中年，陶碗是當下。寫物而不囿於物，〈瀑布〉一文寫至二零一六美濃大地震，與自身的生命史對話，如她所說：「療癒與重建，是未竟之役。」以此敘說疾病的光影，了解衆生的極限。而從圍棋談到Metoo以及霸凌，這樣的格局果然是這個世代的視野——不是爲了融入社會議題，而是自身的身體記憶與社會情境有所共感。閱讀她燒陶與圍棋之論，閱讀她談創作的質地，果然是擲地有聲哪。

她對藝術的評比，也是人生的境界。「所有的贗品都帶有某種程度的眞實」，人人皆說眞心重要，她有她的反思。她談俗的從衆與討好，卻也理解「俗，就俗些／人生最難是俗成／日常飯食那樣純粹美好著」；她說，「受傷原是硯台的本職」；「茶碗是會碎會消失的物件，這正是其魅力所在」。這本散文金句連發，迆邐閃耀像《世說新語》說的「從山陰道上行，山川自相映發，使人應接不暇」。畢竟，她書寫的不只是可見之物，而是不可言說之物。譬如時間與價值，夏目漱石筆下之「差異的感性」，人的能動性，以及平凡的愛。

我從〈Lost Edge〉一文明白家欣的散文誠如素描，是「用最簡單的話來說複雜的事」，散文是如此，同時也是求人生與創作之解的過程吧。看「文青黑框死鹹女」成了「不囥氣結之人」，曾是玩伴的伴侶，〈瀑布〉裡的爭吵與親愛成了〈回頭〉裡摸頭的師父。人生行舟，這些歧異與伏筆都是時間的禮物。

代序〈茘枝〉是生命的念想，怎能忘記青背山雀的部落格？江凌青是一則傳奇，卻也是永遠的遺憾。文中提到「年輕的師大」，勾連起當年跟美術系互動的種種：我曾親眼見證他們在校運現場的「十八銅人」，也曾看過美術系晚會的變裝演出，那時的美術系學生多狂啊。根據節慶爲師大門口的蔣介石銅像變裝，在宿舍中庭掛設裝置藝術，那是家欣他們前後期的年代（儘管她說美術系是很無聊的）。我有幸得到美術系學生給我的開啟與滋養，一如現在閱讀這部散文，深深感謝。

肉身紙韻，誌寫萬物，在〈母身如蚌〉這篇文章裡，她寫到：「那些時間在我裡面發光。」我覺得這句話剛好印證了這本書的人文紀元，從二十到四十的燦爛與嵯峨，年輕狂狷與微中年都收納在這本散文裡。想到家欣曾給我的題字：「種子走到了多遠，樹就走到了多遠。」你是種子你是樹，你是茶碗是沉香。很想問家欣，還覺得寫散文很難嗎？那就順從這種在「難」中突圍的心境，畢竟你正在「做一萬只茶碗的路上」。

祝福詩人潘家欣的第一本散文《玩物誌》。

目次

代序

荔枝

初夏，該是荔枝上市的時間了。

路邊看到好多小發財車，很張狂地堆著一落一落豔紅的果實，襯著油亮的綠葉。買回家冰鎮了吃，是絕景。

冰過的荔枝極美，果肉盈潤近於上好的俄料白玉，帶點凍感。剝食荔枝時，手指甲不能蓄得太長，否則不小心劃破果肉，甜甜的果漿噴出來，就可惜了。荔枝的香氣華麗，又不若芒果那麼炙烈逼人，比較像是夜晚沐浴後，溫涼的頸窩。

荔枝本人亦華麗，果皮是錦繡，豔到深處泛紫光，裂紋是精巧的六角菱，適合入畫。師大美術系的同學奇品，家裡就種荔枝，他曾說：「五六月，食玉荷包；七八月，食黑葉。」我覺得這句節氣諺語聽上去很美，還特別抄寫在水墨習作稿裡，前些日子翻出來看，唉呀那時候字貞醜，宣紙都發黃了。

讀師大時，住在女一舍，一間寢室要裝六個女生，下鋪是書桌和衣櫃，人睡在狹窄的上鋪，大一剛剛入住時，老舊宿舍還沒有裝冷氣，入夜會被台北盆地的燠熱窒到失眠，索性爬起來打蚊子。天花板非常低，隨便拿一本書往頭頂上一甩，就能擊中胖大蚊子，四仰八叉底貼在油漆面上，很像某種裝置藝術。

且不說蚊子，美術系的宿舍，是全棟最爲髒亂奇異的區域。若是走到其他樓層，就能窺見些女生宿舍特有的旖旎，比方說每一間寢室門口均整齊排列著繽紛的高跟鞋，浴室空氣則飄散出洗髮精和沐浴乳的芬芳。至於美術系寢室門口，陳列的則是某種廢棄風景——成堆打底打到一半的畫布、雙眼空洞的破石膏像、鐵絲畢露的紙漿雕塑。空氣中飄散的則是亞麻仁油的油味、松節油的刺鼻味道，以及樹脂和石膏粉結合後微酸的潮氣。記得當時宿舍二樓歸國文系，國文系女生走出寢室，個個都像仙女凌步踏蓮花；而美術系的領地則不管是誰想走進來，都得小心繞過遍地橫陳的雜物，其儀態未若蛤蟆跳水窪。

美術系好像都是這樣亂七八糟過日子。亂七八糟的日子很好，想起來都很快樂。

有一回全寢室到齊，忘了誰從家裡帶了一把新鮮荔枝回來，大家圍坐在磨石子地板上剝著吃。突然有人慘叫一聲：啊啊有蟲！然後大家就開始討論荔枝長蟲有多可怕，白色的蟲是透明的，在透明果肉上根本不會注意到；吃到蟲有多噁心，所以荔枝剝開來，如果看到蒂頭上出現赭色粉末，最好就早早放棄，云云。

此時凌青一臉震驚地從螢幕前回頭。她總是戴著耳機寫東西的，那天難得沒戴耳機：「荔枝會有蟲？我從來沒有吃過有蟲的荔枝！」

兩種可能：一種是她吃的荔枝，眞的都沒有蟲；另一種她大而化之，把蟲吃了。

凌青在寢室裡最安靜，永遠坐在電腦前面寫字。她才氣高，成名早，在寢室卻是個可愛傻大姊。多年後，我們寢室裡有的成爲策展人、有的成爲藝評者、有的成爲作家。凌青必須得另外計算——她是策展人、畫家、藝評者加作家。

但當年在寢室，我們幾乎不談創作。在寢室都是聊最瑣碎的事，比方說這個月寢聚要去吃希臘左巴還是伊洛瓦底、現在是十一點十五分要不要壓線衝出去買蘭陽派雞排、某教授會跟女學生共撐小傘偷摸肩膀要特別小心等等。就算談電影好了，大家談的也是布萊德彼特眞的好帥。

一晃眼十五年，布萊德彼特都已經跟安潔莉娜裘莉離婚了。

畢業後各分東西，大家忙碌著各自的人生，有時疏於聯繫。不過凌青其實是不需要特別聯繫的，我永遠可以在報紙上找到她的名字。她一路直直向前行，繼續得獎，寫藝評，寫專欄，寫各種美好而恰如其分的時刻。後來結了婚，拿到學位，回國不久，人卻在半夜睡夢時腦中風，安靜地走了。

那是一個人最好的時候。她走的時候我沒有去送，不敢去。我向來不知道如何面對死亡，關於人生戛然而止，話題究竟該如何開啟和結束。

衆人繼續走，凌青停在二零一五年。每一年，我看到新出的年度散文選，就想到她；看到藝評獎徵件，也想到她；看到金典獎入圍名單，想到她；每逢初夏，荔枝持續成熟、包裝上市，還是想到她。後來我對荔枝失卻了胃口，可能因爲一見那紅果子，就連結到凌青的缺席。這幾年發生許多精采的事，由我們這一輩的人來發動的事，她沒有參與了。我其實是哀傷著她沒有與我們一同燃燒盛世，即使她自己本人就是盛世。

除死無大事，原來是這個意思。

而我不知道怎麼述說哀悼，我的哀悼來得太過緩慢，低迴不去。當年的荔枝事件、凌青瑩潤的臉蛋曾浮出無比震驚的神情、她那笑起來的虎牙、喜歡穿的貼身黑色針織衫，從此成爲我心裡的蟲洞。

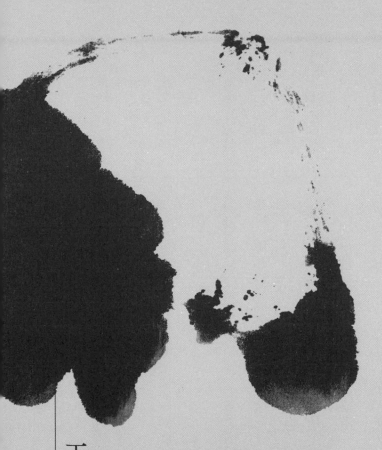

玉之所以為玉

玉鐲難

年輕時，有一陣子很迷玉鐲。亞洲女人戴玉鐲，說不出的漂亮，細細腕骨上一圈溫潤玉色，有節制、有挑逗，與絲襪、高領旗袍一樣，瀰漫著內斂的性感，欲拒還迎。

後來與伴侶相戀，伴侶非常愛玉，我們常常去建國玉市約會，在那昏黃擁擠的市場逛一整個下午。我對於玉鐲非常好奇，看了好久，最後買下的第一只玉鐲是和闐墨玉，顏色是幽深墨綠底，表面帶點金星，戴在腕上很冰很沉。

女人若是戴鐲子，求好看、貼身，天生筋骨條件要柔軟。因爲玉鐲沒有彈性，戴上鐲子時，從縮攏的手掌將鐲推進手腕，筋骨太硬的人，就會在掌骨寬闊處卡住。要不然，就是勉強使力推進了，褪不出來。我的筋骨硬，只能戴大手圍的鐲子，所以掛起來鬆鬆垮垮地，很容易敲到東西。

玉是很脆弱的飾品，戴上玉鐲，做事就不俐落了。行動手勢要輕巧，如果動作太大、一甩手，就會敲到鐲子，敲太大力，玉鐲馬上就裂了，斷裂的玉鐲近乎無用，即使以金銀修補，也必定看得到傷痕，只能送去切斷、雕刻、磨成小墜飾。戴玉鐲的女人之所以性感無邊，可能正因爲動作受了限制，不能再像個孩子般，大剌剌地亂揮亂動了。於是原本自由的身體動態變得收斂，意識到自己手上有鐲，對於近身的物事，都會警覺進退的分寸。

玉鐲帶來的緊繃感，使女人原來的柔和，多出一份矜持的張力。

有一陣子很迷網路拍賣，我在奇摩網上購得了一只極漂亮的和闐山料鐲子，全鐲散發柔和的酪乳色，又糯又透。戴久了，浸潤皮膚分泌出來的脂質，玉色會轉熟，益發光潤，任誰看了都要誇讚一番。結果有一回我畫畫時，趕著洗顏料盤，又怕色料沾染了鐲子，急著褪下，手一滑，哐噹一聲落在地上，斷成三截，這只鐲子和我相處還不到半年，可憐它的一生就這樣結束了。

後來又買了第二只和闐墨玉，比第一只質地略差些，打磨高光，上面金星曜曜。我戴著鐲子騎機車，脫安全帽時動作太大，手一甩就敲到隔壁的車，鏗噹！又斷成兩截，比上一只鐲子的性命更短。玉鐲是不是幫我擋了煞，不知道，我覺得它是幫忙擋了我的蠢。

至此再不敢隨意戴鐲，把第一只玉鐲珍藏起來。伴侶後來買給我的鐲子，我也不戴了，一方面是眞捽怕了，另一方面則是我已經開始理解自己的身形和氣質，並不是適合戴玉鐲的女人。

戴玉鐲的女人，手腕要骨細而豐潤有肉，膚色要白皙。能戴玉的女人，讓玉石襯托出自己的溫婉。玉石不若水晶鑽石閃耀，光度是很婉約的。所以戴玉的女人，也要能做到隱約的存在，那可眞不容易。

從小到大，亞洲母親總是提醒女兒：不要出風頭、不要太銳利，要嘴甜、要服軟，這樣命才會好。結了婚的女人就是玉琢的屏風、湘繡的簾子，密不透風地，要顯示出漂亮門面，更要遮家的醜。隱約的存在啊，得用女人一生去抵償。

年輕時，不太知道自己適合什麼樣的穿著打扮，或許母親也把我調教得太乖巧，大家都以爲我是如玉如蘭一樣的溫順女子，我也就因此誤以爲自己適合戴玉了。敲斷兩只鐲子之後，我認淸自己天生的莽撞脾性其實無藥可救，也不必救。有些人就是可以輕手輕腳、玲瓏八面地過活；而我這個人存在的特色，恐怕是一種對世界的衝撞。愈是理解自己，表達的衣飾風格，也隨之改變了：舒服寬鬆的無領棉衫，容易讓我顯得浮腫又疲憊；銳利的西式襯衫領，卻能修飾我的嬰兒肥雙下巴，使我看起來亮麗有神。太過復古的設計，並不適合我，我適合古怪具現代感的點綴，比如戴上一副誇張的黑框眼鏡，便能形成視覺焦點。最多再加一只錶或水晶戒指，讓舉手投足間有一點閃耀感——整個人的冷淡、有稜有角、好鬥，就都恰到好處了，女人貴自知啊。

手上原有的玉石藏品，後來幾乎都轉交給伴侶保管，因爲搬家時我又白目，敲斷了一只玉鳳的頭羽……看到玉器斷裂時，我對自己極度惱怒，乾脆直接斷了買玉的習慣，沒有買賣就沒有傷害，反正玉石終究是玩物，多買多花錢，多碎多傷心，不要擁有，我就不會傷心。

傳說玉若碎斷，是爲主人擋災煞、避了邪穢，我其實向來是不信這些傳說，玉之所以會斷、會碎，那是因爲它本來就是一種易碎品。所以古時候的戀人定情送玉鐲，是因爲送給你脆弱的事物，期盼對方朝朝暮暮的相知、相惜，把一份心意呵護在身旁。

人生難料，人人都盼著兩情久長，奈何現實就是會折斷、磨損那個久長。一份心情要至死不渝，該有多難呢？鐲子斷了，總會有新的玉鐲來替代。若能有一只玉鐲，能長久陪伴一個人，生老病死，那恐怕眞是難得的緣法了。

老調的愛情，如玉

我喜歡這樣理解：硬玉屬於山，而軟玉屬於水。

硬玉是鈉輝石礦物組成的「輝玉」，因板塊運動擠壓，在高壓低溫環境下形成的變質礦物；軟玉則是因著斷層中流動的極高溫地下水，使岩層產生質變，形成「閃玉」。其實兩者的軟硬度是差不多的，但是因爲閃玉的岩石解理（cleavage）較發達、容易崩裂磨損，相對感覺比較「軟」，所以才被稱爲軟玉。

翡翠是硬玉，看的是「種水」，也就是結構的緻密度，愈是緻密細膩，打磨出來的光澤愈光亮，「水頭」愈足，等級就愈好。最頂級的翡翠名爲「玻璃種」，顧名思義就是通透光亮如玻璃；次一級如結冰，稱做「冰種」；再次級的就如蛋清或豆漿了。翡翠用語亦稱好的光澤爲「起剛性」、「起膠」，其實就是密度好，使玉面泛出無懈可擊的光感。

而和闐玉屬軟玉，有白、有靑、有黃、有墨黑，其中又以白玉最貴重。極好的和闐白玉，不只要白，還要質地柔膩如動物脂肪，是爲「羊脂白」。看過了羊脂白，才明白中國的詩詞爲什麼總用玉來描寫美人肌膚的溫軟——美玉甚至是帶有官能性的。和闐玉也確實很官能——愛玉的人會盤玩他的玉，反覆摩挲之下，玉的質地會變得更透明，專用術語叫做「包漿」，那是用時間換來的專屬光澤，如油蠟、如玻璃，難以取代。

硬玉光采奪目，軟玉溫潤可人，兩種玉各有各的愛好者。不管是哪一種玉，都美麗。手握一枚小小玉石，想它如何從遠古的滾燙大地中孕育，板塊相互重擊，從超越人類存在的洪荒激情之中誕生、冷卻，沉睡萬千年，然後偶然間被發現、被細細雕琢，最後來到我面前。

伴侶愛極了和闐玉，他說和闐玉比起翡翠，更容易隨著佩戴的人轉化，佩戴的人如果氣場好、身強體健，受到主人的氣息滋潤，玉的光澤會一天比一天柔美。這一點倒是眞的，同一塊玉在我身上，總是像水分被吸乾了一樣黯淡無神；交給伴侶戴個兩天，玉就變得油油亮亮，像吃飽睡好的孩子。我都笑說明明是戴的人皮脂腺分泌太發達，但個性溫和的伴侶，確實比我會養玉。

有一種玉雕成的跪姿人偶稱「玉跪人」，寓意是「遇貴人」，若是我戴，就要改名叫「遇粗人」。嬌貴的玉，若是碰到的主人粗魯如我，不免斷手斷腳。伴侶買給我的和闐佛手瓜手機吊飾，沒幾天被我敲掉一邊瓜頭，玉手鐲也被我戴斷了兩只。雖然大家都安慰我玉是在爲主人擋煞，但被我戴的玉也未免太過倒楣。有趣的是，和闐玉常常被我弄斷，翡翠卻戴得住，年輕時買的翡翠都活得好好的，可能因爲翡翠比較剛強，適合我的性子。

我喜歡翡翠的水色，喜歡翠中帶棉，如初夏山巒豐富的綠，爲皮膚添上一點生氣。有些翡翠結晶排序特別整齊，會產生某種螢光感，行話叫做「起螢」，戴在身上，那便不是一片森林，卻是水濱蘆葦裡時隱時現的螢火蟲了。

玉石隨著不同角度，對光的折射反映也不一樣，其落差足以愚弄眼睛。好的翡翠追求色澤通體均勻，但是天然玉色總有不勻處，琢玉工匠能夠判斷出適當的雕刻角度，讓光線巧妙隱去玉的瑕疵。我曾把翡翠戒面翻過來看，發現背面其實是帶著明顯冷白的棉絮，一小點玉紋，但正面卻是無懈可擊的放光滿綠。正如山的風貌不能一眼盡覽，總有深淵藏在葉底。對我來說，欣賞翡翠時，想的不是顯，倒是藏。

結婚前，我和伴侶有點像是玩伴，一起玩茶，玩玉，玩水晶，種花養鳥，假日總是相偕去逛建國玉市，淘淘看有沒有新的好貨？把時間和金錢都消磨在玩耍上。戀愛時的情侶，總以為自己絕對不會被婚姻打敗，但是結婚後消磨的就是不一樣的東西了。週末風景驟變，只剩下加油倒垃圾刷馬桶全聯買牛奶吼小孩子半夜不睡覺，誰有閒情逸致泡茶，還玩玉？

婚前的日子是快樂邋鞦韆，婚後就是一頭邋進了泥水坑。被帳單、尿布、煮飯洗碗這些家事，攪得分不清東南西北的我，不知如何表達自己的挫敗，只能拚命忍耐。而伴侶不善言辭，雖然知道我過得艱難，卻總不時做些令人發火的蠢事。兩個人都不願碰觸令對方難堪的痛點，怕對方受傷，更不願逼對方到底，寧願各自承受，各自尋求解方。如此一來夫妻關係反而疏遠了，拖著扯著，幾乎要斷裂。

後來慢慢明白，婚後的兩個人，其實仍把對方像玉一樣地寶愛著，卻因爲害怕溝通、衝突，寧願擱置問題。然而不溝通、不衝突的做法，卻反而造成兩人關係更大的傷害。正如玉在人身上日日佩戴，雖要承受破碎的風險，卻也因此而互相滋潤，獲得包漿的美麗了；相反地，把玉用錦綢小心包裹供起來，不去碰觸，看似安全，時日一久玉質反而乾澀枯槁。

不被照顧的玉，會短暫性地「死掉」，死掉的玉，就得花上更多的時間去把玩、滋潤，才能讓玉重現原來的光采。

有時候覺得婚姻關係中的彼此，也像是兩塊玉：我鋒利高傲如硬玉，他溫厚內斂如軟玉；我屬於山的崢嶸，他屬於水的遼闊。雖然表面上看起來是我硬他軟，但是其實對磨起來，硬度是差不多的。我磨他，他也磨我。時間公平地在我倆身上都留下痕跡，每一次的爭吵、受傷、互相退讓、理解然後成長，我們正在練習，跋山涉水地，爲彼此「包漿」。

說起來都是陳年老調，不過相處久了，就算天生的質地截然不同，磨呀磨的，也能一邊變化，一邊找到自己現在的樣子，比過去更舒服的樣子。總歸就是一句：老調的愛情，如玉。

粉紅木質調

打開冬衣櫃，女兒說：「媽媽，那是什麼味道？好臭！」

我翻白眼，那是我的珍藏頂級清華肉桂粉，捨不得吃，放在櫃子裡當空間香氛。肉桂本來就有防蟲的功效，辛辣強烈的甜味沾染在毛衣上，一聞就覺得冬天來了眞好眞好呀，偏偏女兒和伴侶都不喜歡肉桂，只有我一人執迷於噴香的肉桂卷和熱卡布奇諾。

與伴侶交往之初，有很大一部分，是被氣味吸引的。

那時候不知道男生原來也會噴香水，只覺得伴侶身上的味道特別好聞，還以爲是男生費洛蒙的味道，後來才搞清楚原來是The Body Shop舊款白麝香。一發現喜歡的人會噴香水，好感度瞬間暴增——男人懂得打理自己太、重、要、了。在豔陽下單車雙載去吃涼麵，坐在後座的我，聞到的不是汗臭，而是宛如剛洗完澡、在陽光下散發的甜甜肥皂香，這是什麼致命吸引力。

後來我自己也愛上香水，第一次聞到Jo Malone的肉豆蔻與薑，櫃姐幫我套疊噴上香草與茴香，眞是驚爲天人。薑香調辛辣溫暖，雪松低迴銜接香草與茴香，意外帶出一縷肉桂味，甜得糖蜜欲滴，兩支一起噴在身上，我根本是一塊自體走動的熱呼呼麥當勞蘋果肉桂薑糖派，愛死。

得意萬分地回到家，伴侶說：「你今天爲什麼聞起來像滷豬腳？」

伴侶喜歡的香調與我全然相反，英國梨與小蒼蘭、蜂蜜杏桃櫻花蘋果黑莓，他愛的是少女脂粉甜。結婚後我才發現，我們兩個的香水櫃香調完全、徹底無法重疊，絕對沒有共用什麼情人對香這種浪漫事。我買了威士忌與菸草香水送他當生日禮物，試圖培養伴侶的英倫大叔氣質，結果他一次也沒用過；伴侶則試圖說服我擦上嬌俏可人的英國梨與小蒼蘭，我感覺自己像是八十公斤重的小魔女DoReMi。

兩人性格南轅北轍，交往時覺得可以互補超棒，結婚後才發現根本互捅超爛。原本婚姻就是場魔鬼試煉，強行將兩個世界揉在一起已經太難，性格相反的婚姻，簡直是要把仙女座星系與地球硬拉在一起，要抵抗強大的離心力和引力，還要橫越兩百多萬光年。但是婚都結了，孩子也生了，能怎麼辦？

也是因爲Jo Malone，我才發現，原來不同調性的香水可以混搭、疊套，就像是萵苣沙拉與柳橙油醋汁、鍋貼與辣椒醬油，原本各自平凡的兩者，相遇竟能迸出全新的火花。當然不是每次疊香都會成功，有時套出來十分難堪的組合，像是花生醬與魷魚腳加上酸乳酪，那眞是悲慘的一天。

我把疊香當料理玩，但是疊香和料理有一點不同——香水是噴在人身上的，還要加上人的變因。香水與體溫是場互動的雙人舞，透過調整套疊的時間點、組合的先後順序，甚至是噴灑的方式，就能改變香氣散發的結果。原本看起來全然不可能的組合，透過一次次的失敗練習、微調手勢與劑量，竟然也能配出有趣的層次。

日日疊香，而伴侶一如所有魯鈍的丈夫，沒發現老婆的新花樣。有一回難得兩人出去約會，我特意單噴了他從機場買回來的藍風鈴，想說當個溫婉小女人討好一下丈夫。伴侶聞一聞，皺眉：「這是什麼味道？」

我怒極：「你送我的藍風鈴啊！你自己買的自己不喜歡？」

伴侶尷尬：「啊怎麼跟我在機場聞到的不一樣。」

生完孩子的大嬸我，大約再也與單純的甜美花香無緣，後來拿藍風鈴去疊套那支被冷凍的威士忌菸草香，再往裙襬上噴一點粉紅柑橘，讓清純蕾絲小蘿莉披上冷酷刑警大叔的風衣，這就對了：我是個自我矛盾的文青黑框死鹹女，伴侶則是一個胸懷小蘿莉的藍白拖嗜甜男。夫妻之道，即是認清對方永遠無法符合自己心中想像，不會是高坐雲端城堡的完美另一半，一如承認香水最迷人之處，就是每一支香都不能完整，都會有遺憾。

那個遺憾，得由用香水的人補上。

有時聞到伴侶舊日慣用的白麝香，我還是會懷念。但時間不回頭，逐日老去的身體氣味，也會隨年紀改變，我們都不是少男少女了。青春戀愛是清爽冒泡的青檸葡萄汽水、是薰衣草色白麝香；婚姻則是帶鹹的海洋調拌苦橙；至於有了小孩的婚姻就更複雜了，是香辣肉桂攪和黏手蜂蜜，是衣袖領口沾滿餅乾屑，是大吼大叫的融化霜淇淋，是匍匐在地的蘚苔，是淚流滿面的胡椒，是柴薪是烈火是冷水，時而尖銳時而纏綿，粉紅木質調。

焚香紀事

陰雨，房間有些霉味。折一小段線香來點，煙升起，整個房間的氣味就煥發了光采。

玩香是伴侶教的，伴侶玩香玩得很深，所以我不需自己買香。甚至我也不太需要自己挑選要用的香，只需主訴目前的症頭，讓伴侶去配當下適用的香品就好。心神倦頓時，伴侶會點起粗厚的印度老山檀，可以強氣醒腦。寫書法小篆時，一邊磨著墨，一邊點上輕軟味甜的京線香，讓花蜜的療癒感包裹鼻腔、纏綿筆尖。冬季天氣霉濕，伴侶會取出從日本購回的松榮堂香包，塞進衣櫃抽屜。素淨的紙包，印著清麗流暢的墨字「極上」，白檀味裡帶著梅花嬌媚的清甜，打開櫃子衣服香噴噴，心情就好。

但是焚香在我生活中最重要的功能，其實是驅邪。

我不太喜歡和朋友聊星座、塔羅、紫微斗數什麼的，可能是因爲藝術家的形象已經夠嬉皮了，不需要再扯些怪力亂神來自擾；另一方面，又有自以爲大人的偶像包袱，覺得成年人聊怪力亂神實在幼稚。但那只是個性上的鐵齒而已，事實上我的體質極容易感應異次元的物事，而所謂的「超自然感應」，從來就沒好事，好的事情是不會來感應的，只有不祥、不吉之事才會心有所感。所以鴕鳥心態如我，一律假裝沒感覺、不知道、想太多。出外不慎，沾染些有的沒的回來，返家便整個人噁心、頭痛欲嘔，伴侶只好幫忙點香處理。

初階一點的髒東西干擾，只會讓我疲倦、暈眩。這時候伴侶會拿出自配的除障香粉，那是混合艾草、檀木之類的複合香料。點香粉比較繁瑣，要先用一把小小的銅質圓形「灰壓」，將香爐內的舊灰燼壓實、壓平，鋪出一層隔熱的香灰作底。然後擺上鏤空的「香篆」，接著再撒上適量香粉，用小鏟把粉末推入香篆的紋路中，推勻，這樣才能讓香粉燃燒不斷，依著香篆路線徐徐燒過去；也可以用灰壓再略壓一壓，把粉壓實。

最後小心地將香篆提起，香粉就形成連綿不絕的「香環」了。

擦亮火柴，引火點燃香粉，再蓋回爐蓋，讓淡青色的煙氣，從香爐的口中緩緩發出，在空中化去，極美。除障香的氣味不太好聞，因爲有艾草，焚起來有明顯的苦澀感，草木燒焦的「臭腥」（tshàu-tshinn）＊氣息，不過，當濃濃煙氣推開來時，暈眩感就會退去，人逐漸清醒。

但，若是不小心遇上更惱人的物事，那些髒物就會入夢來騷擾，央我幫忙做事。夢中爲了這些請託而上下奔波，醒來後靈魂一部分仍處在灰暗的交界。此時宜用陽氣重的香。伴侶說檀香性剛猛，很適合早上點，我後來發現雨天也適合點檀香，印度老山檀是除濕專門，可以讓泥濘的心思都爲轉爲乾燥明亮。因爲太好用，覺得拿來洗澡去角質也一定很舒爽，所以我就偸拿伴侶的檀香粉去做手工皂，還擅自添加了老檀精油來增香，被伴侶發現，罵我「討債」（thó-tsè）＊，至於我拿去亂搞的香粉一斤到底多少錢，他不讓我知道。

而若是一個不小心，沖撞了更大尾的邪物，我一進家門，伴侶大概就

＊**臭腥**：植物特有的生腥味。

＊**討債**：浪費、蹧蹋。沒有節制、無益的耗費。

知道了。摸一摸我的頭和肩膀，就叫我去坐好，要處理。這時候他會特別取出櫃子深處的紫檀香筒，裡面則是上等沉香。有時用惠安水沉香，水沉香的氣味屬於夜晚，甜而溫潤，令人安心、昏昏欲睡。但如果跟我回來的髒東西實在太討厭、太大尾了，伴侶就祭出奇楠沉香。奇楠氣味屬於古老的山，點起來像一腳踏入鋪滿落葉、有厚厚腐植層的無聲密林，明明清涼，卻深具壓迫性。伴侶一邊點香驅趕，一邊收驚，一邊打嗝，這種照顧女朋友的方式有點奇特。後來乾脆直接給我一顆奇楠沉木墜，隨身佩戴，看能不能少一些紛擾（至於價格，一樣不讓我知道）。結果我戴著洗澡，蓮蓬頭熱水一沖下去，哇啊好香噢！整個浴室都在森林浴欸。殊不知沉香木最珍貴的就是「結油」，結果被我拿熱水蒸著玩。伴侶聽了直接眼神死，這是年輕時做為女朋友的任性權利。

婚後懷孕生子，家裡很長一段時間不碰香，不點香、不薰精油，深怕環境荷爾蒙影響到胎兒，也怕煙氣傷害嬰兒尚未發育完全的氣管肺葉。至於髒東西，要騷擾就騷擾吧，反正身為母親，身心渙散已經是家常便飯，根本顧不上什麼磁場干擾，光是嬰兒干擾就夠我忙了啦。

想不到長女是個比我更敏感的孩子，從月子中心帶回家，幾乎夜夜嚎哭，怎樣安撫都不寧靜，只好帶去給臨水夫人收驚，收驚阿媽看一看，說：「這孩子不能見喜喪，路上經過磁場不好的地方也要避開，否則容易被沖撞。」也太難避了吧，誰會知道哪個路口有什麼無形界的物事會沖撞小孩啦！

待女兒會說一點話，有時會指著全無一物的虛空說：「伯伯？」有時自己躺在床上會對著空氣眉開眼笑、嘰嘰呱呱地說著什麼；走在全然陌生的城市裡，明明還沒看到廟口，她就自動舉起小手來頂禮拜拜。敏感的孩子，無須言語就能察覺的事情，實在太多了。於是我再也不能假裝自己是個麻瓜，去任何地方我就天線全開，注意任何不適的訊號出現，馬上閃人。近年來文藝青年流行去各種老屋改建咖啡店、老屋酒吧、二手倉庫，店內擺飾亦以復古風情做爲亮點，朋友約我，我心中實在毛毛地，老屋、老沙發、老衣櫃老檯燈老電話機，從舊貨商買來的古董多少都帶著自己的故事和情緒，最是雷區，碰不得。

這樣疑神疑鬼的自擾人生，也只有當媽以後才懂，因爲小孩就每天晚上哭給你看啊。

等到孩子們慢慢長大，呼吸系統發育得好些了，我才終於敢拿香出來點。此刻用香的心情，就跟小兒感冒、季節過敏用希普利敏藥水的心情一樣，任何浪漫情趣已化爲烏有，無論是木犀香、梅香、蘭香、瓜香，都不重要，駑鈍的鼻腔對於薰香之美全無感受，只要可以安撫孩子、闢淨房間，讓孩子睡個甜甜的覺，那就是好香。中國作家蘇美說：「文藝女青年這種病，生個孩子就好了。」我則是體驗到生了孩子，就能逼一個慵懶的麻瓜，變成汲汲營營的老巫。有時孩子凌晨發起高燒來，餵了退燒藥水還是翻來覆去睡不著，我就起床，拿艾草芙蓉藥包，煮一鍋熱呼呼的平安水，幫孩子擦拭身體。一邊點起沉香，一邊搖頭晃腦哼著催眠曲哄孩子，又抹油，又擦膏，揉揉腳捏捏肩做整套穴道按摩，只差沒拿出頌缽來敲。抬頭望，床前整堆的平安符掛飾，想不通自己怎麼會從鐵齒少年進化成一個薩滿人生來著。

至於已經升格成爲父親的伴侶，睡前若有餘裕，他要負責拿線香幫孩子做收驚。女兒們最喜歡的睡前活動就是爸爸收驚了，看爸爸唰地點燃一枝線香，讓她們輪流排隊，然後在前胸後背、頭頂輕輕點一點，拍拍撫撫、唸一唸，好玩極了。每次收驚完，女兒們總直嚷：「還要！還要！」把收驚當成家庭小遊戲，令人好氣又好笑。待女兒們長大，對於香的記憶，也會與父親的溫柔手勢，甜甜地薰染在一起吧。

母身如蚌

年輕時不愛珍珠，雖然大家都說珍珠適合女人。

總覺得珍珠是老一輩的首飾。且比起剛玉等硬度較高的礦物寶石，珍珠是嬌嫩的有機物，怕磨、怕刮，怕汗水腐蝕。佩戴珍珠得小心伺候。結婚時，婆婆特意贈送給我價值高貴的南洋珠戒，我怕弄傷了，總是捨不得戴，長年鎖在保險箱裡。

迷上珍珠是懷孕生子以後的事，莫名愛上曖昧難以定義的色譜；或者說，學習愛上某些比較慢的質地？

珍珠是這樣誕生的：珠蚌本來過得好好的，突然受到外來的異物入侵，也許是砂礫，或一隻迷途的小豆蟹。珠蚌沒手沒腳，無法驅逐體內的劇痛，只能慢慢地分泌珍珠質，將尖銳的外來物層層包裹起來，使疼痛變得柔和，成爲自己的一部分，最後孕育出美麗的珍珠。相較於礦物寶石從地底的岩漿生成，是火與熱的結晶；珍珠則是蚌經歷疼痛、委曲求全的孩子。

天然珍珠非常稀有，於是人類開始利用珠蚌的求生意志量產珍珠，人工養殖珍珠，會將磨圓的內核和一小片外套膜細胞碎片，植入活體珠蚌的外套膜中。刺激珠蚌形成珍珠囊，來包裹這入侵的核，如此便能養出一顆珍珠。

珠蚌品種不同，養珠亦有多變的色調。三角河蚌養出來的淡水珠，多半偏暖色，有落日橘、有櫻花粉，亦有淡如春日的苦楝紫；黑蝶貝則產出絲綢灰、薄霧到闇夜不等的黑珍珠，伴生紫、金或孔雀綠的虹彩；金唇貝能養出香檳金、古銅金色的珠子；白蝶貝產出如銀似雪的冷白大珠；日本的馬氏貝則產出亮如小燈泡、虹光逼人的Akoya珍珠。另外，還有一種灰藍的「眞多麻」海珠，因爲珠蚌得病，意外變異出瀅瀅的藍光。養殖珍珠成爲東南亞的重要珠寶產業，人的貪念，造就了億萬商機。

但即使是人工養殖，養出來的珠子，仍然無法確保顆顆正圓完美，完美的珍珠價格不菲。然而令我著迷的，卻非高價的圓珠，我愛上的，是瑕珠。

珍珠的價格與完美度呈正相關，只要有一點點瑕疵或紋路，價格就會大幅下降。如果珍珠的形狀不夠端正渾圓，那麼它的級數也會降低。可是我超愛那些走樣、軸心偏移的歪珠，她們有些長得像是磨鈍的紡錘、有些是淚滴。皮光也往往不均勻，放在掌心轉著看，有些區塊會放光，而有些片段則黯啞無聲。

珍珠表面上不平滑，一律爲瑕。瑕疵來自生長紋路，珍珠在成長的過程中，因爲環境變動，產生錯落的年輪，生長紋有點像是沙灘上海浪反覆拉扯出的紋路，或是風蝕的階梯。有些瑕則是砂孔，散布在平滑如鏡的海灘上，巢穴一般，小小的洞裡面住著什麼。我喜歡翻看觸摸那些不完美的珍珠，而當瑕疵到了極致、不完美到了極致，戲劇性就出來了。形狀特別歪曲的珍珠，被稱之爲「巴洛克」（Baroque），巴洛克後來成爲十七世紀歐洲藝術史的風格形容，強調對比強烈的舞台光與動態，戲劇般的浮誇。情感浮誇是十七世紀對於俗世幸福的想望，也是權力象徵。

我並不很喜歡巴洛克繪畫，覺得那樣到處都是戲的作品，看久了很累人。想不到中年卻一頭栽進了巴洛克，養育兩孩的眞實生活，處處光影跳躍、浮誇有戲。

日間的工作繁瑣尙不用提，黏稠難熬的是夜晚。孩子們對母親最爲需索的時刻，都是夜晚。兩個孩子皆是高需求的敏感兒，放在嬰兒床絕不肯睡，非要緊貼在母親的胸前才安心。於是我徹夜抱著嬰孩搖晃。哼自己亂編的兒歌。唱了又唱，懷裡孩子也是哼哼哭，哭到累了睡去。白天特別帶去收驚，夜裡還是啼哭，我的疲憊彷彿都做了白工。

孩子不吃奶嘴，非要我親餵，其實不餓，只是吸吮著母親的乳頭，索求安慰而已，一挪開就大哭。吸吮久了，乳頭整片破皮，湧出的奶水又不被孩子吸走，堵在半路，得反覆發炎，那眞是如萬針刺、無止境的痛。痛也還是要給孩子吸吮，一含上去，整個乳房像是被匕首狠狠劃開。多少夜裡，撐著腫脹發炎的雙乳、一邊彎腰給孩子含著奶，一邊快手換下濕的尿布和小小襯衣，只求她睡著不要驚醒。腰痛、背痛，痛到後來我有一段時間對自己的身體知覺很鈍感，不知道傷損什麼程度，只是機械式地勞動著。

回算起來，幾乎是整整六年沒能睡覺，尤其最怕孩子半夜裡突然發燒，徹夜守候、輕撫高燒的小小身軀，一下又一下地拍痰，拍到孩子止咳放鬆睡去，窗外已經是鳥聲一片的清晨。有時睡到一半，突然聽見嗆咳聲，就立刻反射地跳起來，拿手掌接著孩子的嘔吐物，一邊摟著邊吐邊哭的孩子，柔聲說：「別怕、別怕，媽媽在，只是吐了而已，沒關係噢。」

在那些支離破碎的夜裡，很奇妙地，我內心慢慢形成一個篤定、無法言說的核，盡讓身體的苦痛磨蝕著，卻不爲所動，且愈來愈發光堅實。回想起那些狼狽的時刻，我遺忘了疲憊，卻只想到從地底滿溢出來的地下水，想起歌唱的淺川與大河，想到午後暴雨打破的寧靜湖面，發出清脆的答答聲。

孩子們睡去了，我卻睡不著，於是滑著手機，逛到賣珍珠飾品的臉書廣告，就被吸進去了。第一件下單入手的，就是帶瑕的巴洛克珠墜，淡紫，隱約泛著橙、青的伴光，轉動間各生姿態。噢，我怎麼之前沒發現珍珠這樣美？

會不會是，因爲終於知道了蚌的苦痛，所以才能認出要經歷痛楚凝結的光采？

而後孩子慢慢咬著、扯著，長大了，不再需要乳頭，卻開始會揪扯那些更加纖細的情緒線頭，時時戳刺著母親的底線，而我對此全無抵抗之力。原本清晰有序的人生刻度，被一再扯亂，逐漸失去分界。爲了掀翻的碗盤、撕爛的書、堆積兩週還沒洗的髒衣服爭吵，又忘了簽聯絡簿又忘了帶水壺還忘了彩色筆，累到了極致卻還得撐著，月盈又月缺，一口鹹水一口砂。每天被打得暈頭轉向，嗆咳著掙扎。

不甘心，原來我是驕傲堅硬如剛玉的人，何時也如珍珠脆弱了？

那又是誰，將我養著含著，直到長成了一身流光溢采？

是我的母親啊。

我也曾經是她生命中的一枚砂礫，尖銳地撕開了母親原本柔潤的人生，而她毅然把那個浪漫青春的小姐形狀拋棄了，放下工作與自由，甘心走入家庭、繫上圍裙。婚姻對於任何人而言都是大冒險，要進入充滿鹹水惡浪的環境中，承受洋流的拉扯、孩子們的叛逆、各種突發的意外情況，終於她不再是一隻自由自在的海鳥了，卻長成一枚巨大的母貝。

我性情善感，脾氣又異常火爆，母親在養育我的過程中，爲了守護這個莽撞而不喜拘束的小孩，花費了不知多少心思。我曾經很惱恨母親對我管束過多、保護過頭，爲此和母親頻繁衝突。直到自己在外面吃了不少虧，這才明白，原來這世界對女人如此不友善，女人是被涎著的一小塊嫩肉，是可以被騷擾、被侵犯、被玩弄、被利用後拋棄的獵物，如同珠蚌不知道自己含著珍珠而招致傷害，不知道原來身上一小團無害的疙瘩，卻是人家算計著的好處，那些是我在安全的蚌殼內看不透的。

母親的愛讓我安全，但是她的保護卻也令我窒息，她愈想愛我，我就愈想跑出去。而母親是凡事要求完美的人，身爲一個高敏感的孩子，我可以「聽見」母親心中的盼望，母親期待我成爲秀外慧中的好女孩，而那些傳統的溫柔期待，卻與我本性相悖。我想要滿足母親，就難以做自己；母親想要當一個完美的母親，結果是她也不能夠做自己。

我們的衝突點在此，母親與孩子相互拉扯，我們彼此都是對方身上的瑕，但也是心頭的珠。

這些心事，也是等我生下孩子之後，才慢慢癒合而變得柔軟。

知曉母親心中對於完美端莊有所執著，我開始會買珍珠串鍊送給母親，母親佩戴起來很適合。母親也不再時時囉嗦我的脾氣了，當她忍不住又開始叨唸時，我已經學會了頑皮，讓那些要求像水流一樣從耳畔輕快滑走。至於兩個看卡通看成癮的女兒，則因爲小美人魚而變得超喜歡珍珠。我陪她們看古早時期的迪士尼動畫，看得我反胃，不禁一再告誡女兒們，小心人魚的愚蠢：爲何輕易信任完全不認識的陌生人？爲何貿然捨棄自己的聲音？沒有自己的聲音，無法說出想說的話，就不能爭取自己的權利了，對嗎？說著說著，咦，好像太說教了，女兒們不高興了。

換個方式，我往床前故事裡頭改編小美人魚。在我的版本裡，小美人魚是個懂得自我價値的年輕人，充滿好奇心，交朋友卻不靠戀愛，她的探險變成了一場航海商務之旅，並且發現人類的王國經濟十分蕭條。小美人魚便號召其他人魚同伴，收集海底的珍寶，拿回岸上跟人類貿易，換得了海底下絕對沒有的美食——冰淇淋！最後，小美人魚與王子共同拯救了衰弱的王國，還聯手開創海濱的新興城市，那城市盛產世上最閃亮的珍珠項鍊，以及舉世無雙的海藻藍莓冰淇淋，碼頭還有創始人小美人魚的雕像，要坐飛機去才看得到。等她們長大去了哥本哈根，一定大罵媽媽是個騙子。

女兒們因此對遠方有了想望，時不時纏著我買珍珠美人魚項鍊，我說，你們兩個好好長大，媽媽幫你們準備眞的珍珠美人魚項鍊喔。

台灣傳統的婚嫁習俗，母親往往在女兒成長期間，就開始爲孩子攢積珠寶，預備嫁妝之用，其中必定有珍珠項鍊。戴上珍珠項鍊的出嫁女兒，有娘家給她的體面。但如今想來，那一顆顆其實都是母親的淚水，孩子終於從雙親的肉身上脫落下來，要滾去過自己的人生啦，言語萬千無以爲依，只能串成鍊，掛在女兒驕傲的脖頸上。

而做爲母親，我得到的禮物是定。如何伏在砂礫中，淡定應對衝擊的海流，吞吐著氣泡，表面上看毫不起眼，可是那些時間在我裡面發光。人生苦礪，中年回首，已滿身藤壺。始知母身如蚌，你們就是我的珍珠。

造衫

這些年來，常被人誇讚穿著打扮得好看，問我衣服上哪買、怎麼搭配？三言兩語也說不清，就笑一笑，說謝謝稱讚。

天曉得我從前是不懂得穿衣服的人。

從小母親試圖將我扮成可愛的女孩，卻始終不能如意。粉紅蕾絲雪紡紗、鵝黃色碎花小蝴蝶結，穿到我身上就是說不出哪裡古怪。可能因爲穿衣的人個性彆扭，年紀輕輕總抿著嚴肅的嘴角，不若衣服甜美，遂糟蹋了那些夢幻質地。

好不容易長到青春期，稍微有了一點買衣服的主權，衣櫃裡清一色都是班服T-shirt以及牛仔褲，學生時期制服爲主，不必多想什麼搭配。高中鎮日忙於課業，沒什麼社交需求，也就不覺得自己需要特別裝扮。班上有幾個漂亮女孩，能聯誼，能公關，懂得髮型和化妝，顧盼間自有時髦風采；我在旁邊看著很是喜歡，但也不覺得那些別緻與自己何干，繼續以班服、格子襯衫儂懶過活。拍照很醜，醜就醜吧，又不靠長得美過活。

估想這一世人大約與時尚美麗無緣了，然則人生永遠趕不上估算，懷孕之後，親切隨和好相處的舊衣們，全部面臨一個難逃的大劫——穿不下了。

整個懷孕的過程，就是將女人的身體變成一個通道：胸乳嘩啦啦腫脹起來，撐壞所有襯衫熨線；腰桿如夏日的榕樹幹，飽滿、多肉又粗實；骨盆爲了攏住一大罈蕩漾的羊水，以及其中手舞足蹈的小獸，從青澀含苞的蓮花盅，硬是撐成了大紅色的台製塑膠鴛鴦臉盆；同時應對激烈成長的體重，皮膚在各種不可思議的關節處與私密位置，浮出厚厚靜脈與繭瘤，一碰觸就劇痛。

萬用的牛仔褲、格子襯衫，沒有一件穿得進去。勉強上網買了幾件便宜的黑色孕婦裝，材質很差，孕期體質燥熱，不動也渾身是汗，穿著悶出一身密密皮疹。每次產檢我就哀哀求助：怎麼辦才好？醫生一邊敲著鍵盤，一邊淡淡說：這些都是暫時的孕期小毛病，等生完就會好的，忍忍吧。也就是這種時候，才知道自己之前每天都不必多想，隨意亂套件牛仔褲就出門，原來是多麼幸福的事。什麼都可不必在意、都可以隨隨便便，那是因爲身體挺你，年輕的本錢。

我以爲生完孩子，一切就能恢復正常，但身體卻不是矽膠彈力球，肌肉組織被暴力撐開了，再難彈回去。坐月子時，我常常呆呆地一手攬著嬰兒餵奶、一手把玩自己鬆泡泡的肚皮，眞是好寬好厚的一層皮啊！沿著妊娠紋的溝壑搓揉，仔細感覺底下連著脂肪的眞皮組織，宛如捏起一綑沉手的厚帆布，喔，原來身體是用這麼厚實的一道牆去保護小寶寶啊。

這麼大圈的物事裏在身上，仍舊沒有一件褲子塞得進去。胸乳則比孕期更豐碩，爲了產出乳汁，乳腺蓬勃滿溢到連腋下都腫脹；後頸的肌肉群因爲日日抱起那柔軟無抗力的嬰兒，厚厚地駝起來，看起來頗近似北美野牛高聳的肉瘤。

鏡中的人型，已被折騰得再不能看了。於是我毅然走進布行，挑了一堆質料輕軟的花布，然後來到台南大菜市（今西門市場）的服裝訂製工作室，拿著孕前的舊衣，跟裁縫師傅說：我想要這件衣服的版型，但是請替我重做一件新的——胸線要放、腰線要放、裙襬要長、還要加上兩個最大、最深的口袋！如此這般，開啟了我的手工訂製服之旅。

說到菜市場的服裝訂製，並不只是改褲管長短、修修拉鍊那樣簡單的工夫。舊稱「大菜市」的布市，其實是一整棟古老的二層樓日治時期古蹟。一樓是零售布料行、鈕釦蕾絲雜貨店，沿著窄狹樓梯爬上二樓，則是一間間專業裁縫工作坊，那是女人的祕密更衣室，諸后的議事廳。

老一輩台灣女性，衣櫃裡多少都有訂製服的存在：洋裝、旗袍、襯衫、百褶裙……訂製服的台語是「造衫」（tsō-sann）＊，那是眞正紮實、充滿力量的手工藝。百貨公司賣的時裝，無論樣式再怎樣漂亮，終歸是單向的互動：由工廠設計製造出統一的形狀，消費者自己得想辦法把身體塞進去。購買時裝成衣的過程，像寄居蟹換殼，女人們在花花綠綠的專櫃沙灘上到處閒逛、尋尋覓覓，找

＊**造衫**：製作衣服。

尋一個漂亮、合襯的現成殼，努力把自己套入。然而老派的「造衫」，卻是從軀幹上貼膚長出來、眞正屬於自己的肉身殼——從量身打版開始，顧客便全程參與其中，與裁縫師傅一同討論衣袖的收口高度、領鈕的式樣，討論裙襬少個兩吋，能帶起何等的視覺俐落感？領口是否要稍微收高，要顯得端莊或者挑逗？然後轉去樓下布料行，挑選最新最美、看了心情也繽紛甜蜜的花布，綴以璃光流轉的壓克力雕花鈕釦。而後等個兩週，就可以回來試穿新裝了。通過裁縫師傅的巧手塑造，該掩飾的頹敗、該支撐的疲軟，一一成型。女人脫下舊衣裳，試穿起微調過的新甲冑，乃是一種張揚但無須言語的宣示——宣示自己活得光潔，活得茂盛，活得過春花秋月。

造衫是一場微型的共同創作。且比起任何形式的共同創作都更爲親密、近乎禁忌——相熟的裁縫師傅，甚至可能比枕邊伴侶更熟知女人身體近來的變化——腰比半年前多了半吋、奶膨大了幾分、背稍稍駝了，故胸前要添釦、肩線得微調，等等。那些瑣細到難以言說的生命刻度，拉扯著女人奮力活著的痕跡，無處遁藏。

初次讓裁縫量身時，我頗不自在。就算生了孩子，內向的我仍然不習慣有人拿著軟皮尺近距離碰觸身體，測著雙乳腰臀的分寸，被如此全面地觀看。我問裁縫師，做了二十幾年的衣服，難道不能用眼睛看一看、就直接做出衣服來嗎？非要親手去量？裁縫師笑彎了眼，她說：小姐，每個人的身體長得不一樣，同樣的身高體重，有人圓滾滾、有人扁身，有人高低肩，還是要量一量比較準啦。而且量得準，衣衫才能修飾身材啊！像小姐你脖子長，穿小立領就可以俐落掩飾駝背；腳踝容易水腫，裙襬就不能收在腿肚子上，要長一點才會顯纖細啊！

喔！眼界被裁縫師傅一針一線打開來，原來人要衣裝，得先誠懇認識自己。知道自己何處柔軟、何處玲瓏、何處則至爲脆弱，然後才知曉如何長出適合自己的羽身。

穿上師傅細心調整過的洋裝，我頹駝多年的身體，果然挺拔而嶄新起來了。身體是最坦誠的基底，卻也是最易持謊操弄的淺皮相，而後我往訂製工作室走跳得勤了，便也多少隨著裁縫師的專業，培養起看人打扮的眼光。一流的裁縫師，不但能看尺寸，還能犀利地看出女人穿衣的想法，甚至能看出某些身體說得隱晦的話語：這人對自己何處自傲、何處則欠缺了信心。每每回去訂製新衣，總覺得有點像是面對身心靈的論文口試——這兩個月吃得胖了，腰圍多半吋，得克制些。經典矜持的長裙，用這花卉，設計會不會太浮淺？這一件則是月底喜宴時要穿的，不必張揚，素淨底下有些細節就可以，往釦子上做文章吧？說穿了，衣著打扮，究竟是給自己一個態度：我是怎麼想自己的？要給人家看到多少？又要隱藏些什麼？仔細盤算審度之後的結果，這才是會穿衣了。

長輩說成熟的大人「目色」(bak-sik)＊要利。我想目色夠利的女人，必定是知己知彼的。作家阿城曾經寫過這樣的句子：「寫字如寫衣。」意思是寫書法到達一個境界的人，便懂得確實掌握字體的風格表現，反而能夠將眞實的我藏匿起來，什麼歐體秀雅、顏體剛毅大度，都僅是裝扮給人家看看，漂亮端正的外衣罷了。說什麼字如其人啦、衣如其人啦，全是些不懂事的誑語。寫字正如寫衣，一個人一輩子哪，擁有那麼多素的、花的衣裳，怎能看一眼就看得透了？終歸是走馬看花地看過去，賞心悅目罷了。若是眞這樣自信目色，認定看穿了裡頭透出點什麼，喔，那就如同隔著制服猜女學生的內衣顏色一般，滿足窺視欲與無聊的心思而已。

＊**目色**：眼色、眼神。

我的目色愈磨，反而覺得對人世就愈不容易看得透了，重重疊疊的人情世故，誰知道這抹顏色是給誰看呢？

女兒們漸漸長大，也隨我開始訂製起蛋糕裙、小洋裝，她們眞是愛極了這些小衣服——裙襬要多飛有多飛，水鑽釦子要多閃有多閃，做爲一個各方面貧乏的母親，我暫且只能用這些花俏寵她們，是盼著從小培養她們懂得打扮的眉角，多一點鑑賞的目色。但目色也只是目色而已，人生變化幾何，看著盛世風景，轉眼就凋零，多愁善感如我，有時忍不住憂心：就算懂得鑑賞又如何，有了鑑賞力，曉得了穿衣的把戲，也不能保證一生絕不看走眼。就算是做了二十幾年的專業裁縫師，若不近身去親測，亦有走神失手的時刻。有時在裁縫工作室裡試衣，不意聽到些八卦：某某公司精明的老闆娘年輕時多美多靚，後來如何人老珠黃了、被男人敗了、被閨密倒了，那些與我無關的兩言三語，飄飄散散如斷了的線頭，零碎流過去，卻是女人活過的眞實地獄。

女人哪，女人。一個母親能做到的，也只是讓她們能穿得漂漂亮亮的。看別人說不得準，至少看自己，要看得過去，看得順眼也順心。那是母親對孩子愛的鋪陳。

磨刀

連日陰雨，懨懶，少煮了幾頓飯，從京都錦市場的四百餘年老店「有次」購回的魚刀，便毫不客氣地生鏽了。

看著鋒利的刀生鏽是心疼的，同時蘊含著怒氣，對於自己如此忙碌、無力好好照料生活的細節而憤怒，怒氣又牽引著工作不順的瑣事，而眼前還有晚餐要煮，沒有時間對自己發脾氣，幸好還有柳宗理的全能三德菜刀可用。

匆匆煮畢四菜一湯。趕緊拿出磨刀石，打上清水，仔細磨除刀上的鐵鏽，鏽痕咬進刀身，表面橘黃色的氧化鐵磨掉了，底下的鋼身卻也受傷了。

當初買刀時，店員便諄諄告誡，這把屬於中階專業的刀具，內層是不鏽鋼，外面包的是碳鐵，極爲鋒利，但碳鋼會生鏽，要注意保養上油。如果是日常家用，不如購買比較初階的三德刀，全體不鏽鋼，避免生鏽之外，還能在上面客製化刻名字。

但是刀一上手，那輕盈合襯的平衡感，就放不下了。其實初階三德刀也不過比它略重幾分，刀與刀之間細緻的毫釐分別，一摸即差之千里，眞是沒有比較沒有傷害。最終我逞強帶走清瘦的魚刀，看著店員珍重巧妙地摺紙將刀身包起，喜孜孜地帶它回國。

婚前不懂烹飪，只是愛刀，伴侶幫我買了一把「郭合記」的大馬士革鋼刀，大馬士革鋼的外貌魔幻，刀身由不同質地的鋼鐵反覆摺疊、鍛冶，形成千層蛋糕般的結構，黔黑與銀灰紋路交疊，握刀彷彿握著一片雨瀑激發的漣漪。我貪愛它冷冽的光澤，卻實在用不好寶刀，原因是大馬士革眞重得要命。大馬士革鋼用於廚刀，是浪費了它的強度，本來用於征戰、切骨的鋼刀，用來削番茄切菜絲，手腕十足吃力。

庖丁之事極其複雜，婚後日日煮食，才發現料理台上應該要有一排刀：粗大沉重的剁骨刀，用於剁開堅硬的骨頭；牛刀用於分切沉重的筋肉結構；魚刀主殺，片肉剖腹；切菜刀要能大面積切出均勻的菜絲；水果刀需修長，方能應付不同造型的水果，變化各種幾何切割；雕花刀需輕巧，才能在西瓜上雕龍，或是刻隻小兔子。

於是愛刀的我遂有理由一路狂買。

在市場買了傳統金門菜刀，它在廚房的用途僅限於白斬雞，以及夏天開椰子、秋天剁螃蟹。每次剁肉，我都想起《飲食男女》裡頭的那道叫化子雞，郎雄飾演的廚師老父一本正經地坐定，然後砰砰砰敲開黃泥封殼，敲得滿桌碗碟筷子蹦跳齊響。電影中拆雞用的不是大剁刀，竟是鋒利手斧，老父舉斧正要分解冒著熱氣的窯雞，大女兒卻說等一下我跟你們說我今天早上去結婚啦，然後衆人眼前就突然冒出個傻笑的粗勇女婿，老父手上斧頭還沒落，一臉愕然，措手不及的哀傷。

李安極擅長在這種枝微末節裡做到重點。

再來我又購入「柳宗理」的三德刀，日本主廚刀名爲「三德庖丁」，可以切肉、切菜、切水果等多功能使用，造型比牛刀短些、比魚刀胖些，剛好有足以應付蔬果的寬刀面，又有些許刀尖可以挑刺，全方位一刀到底。設計師柳宗理既爲柳宗悅之子，執日本現代設計與民藝之牛耳，設計一向看似平凡，卻能熨貼人心，只要一拿上手，就會不自覺發出：「咦？好用耶？」的微小驚嘆，愈用愈是好用，鋼材也不須保養，三兩下就能磨利，從此占據刀架上主角的位置。

柳宗理照顧了柴米油鹽的日常功課，但偶爾煮婦也想追求花俏：煎烤一塊頂級牛排，或是買得鮮嫩海魚，要片成超薄片涮湯，於是在京都購入有次的魚刀，專司紅肉海鮮之用。而有次並不是買刀的終點，後來又購入日本境志泰的菜切「火國」，黑打的刀身凝重如玄武岩，據說這把刀是爲了表現熊本阿蘇山的力量，是以方正大氣，確實有火山的龐然感，切高麗菜絲非常漂亮——雖然我其實是衝著火國的詩意買的。

而後尚有「藤次郎」的牛排刀、「堺孝行」的三德刀，林林總總加起來，每一把都是好刀，用不完的。刀太多，顧此而失彼，我本來只是一介普通主婦，哪來那麼多工夫去使，只是滿足自己貪念，雜七雜八的收集癖而已。

魚刀終於磨利，拭淨殘餘水分，受傷的鋼，蝕著密密麻麻的黑點。上油後仍然鮮明，宛如披著一嶺破鱗的病魚。依著日本神道教的觀點，總認爲萬物皆有情，若不能認眞對待，便是委屈了刀。一把好刀被精心錘鍊打造而生，若是不能遇人善用，何等寂寥。所以過去甚至有著名刀會在匣中自鳴、呼喚主人的傳說。我想到櫃子裡尙有諸多被閒置的好刀具，它們是不是也在黑暗中不甘心地躺著，發出無聲的哀鳴？我心懊悔，而身爲一介被家務緊緊捆縛、無力做好磨刀功課的煮婦，心中累積的萬千遺憾，又豈是不鳴之刀能夠體諒的。

鍍金的

翻首飾盒，翻到幾條鏽褪不堪的鍍金鍊子，鍍金物便宜、漂亮，裡面是銀的還是黃銅合金的，其實不是很重要。

鍍金，是爲了躲氧化，躲那翻黑的未來。

鍍金不過圖一時好看，便宜貨自然鍍得薄，磨損得快，那麼就變得處處雜蕪，有些古銅、有些黑灰，看著稱不上斑斕。斑斕尚且有精神的，但這氧化卻盡是破敗。是因爲閃耀也不夠閃耀，是因爲堅持也不夠堅持，是因爲珠寶原來應該要恆久，那是人類幻想追著時間的玩具，可又不能夠擺出一副玩具的樣子；不耐看的少女、易腐的牡丹，這些都是一眼燦爛的，在大雨中瞬間褪色軟爛的物事。

眾生相裡，原有一層浮誇的惘然，操持那個惘然，操持得好，那是藝術家的技巧，卻不是藝術家的眞心。鍍金的物事，若能在自己的俗麗裡自在，那境界比純金遼闊，但偏偏不能。

鍍金往往被認爲俗，俗有兩個面相，一是從眾，二是討好。想討好大眾，就得放棄骨氣；所以讚人脫俗，是讚嘆對自己誠實、對他人誠實，這叫脫俗，說穿了是有骨氣。贗品被認爲是俗物，因爲它們不能面對自己不誠實，硬要去假冒某種不符本性的正統。這也是人之常情，可能常情就是這樣子臃臃腫腫。

嘴巴上說不戀慕什麼東西，心裡卻戀慕得很，這是僞善。而因爲心裡戀慕得很，但是卻又嘴巴說著自己戀慕不起的；明明斑駁，又斑駁得不情願的，還要斑駁得浩然，那就是雙重否定自己的廉俗，贗品病於此。

贗品之所以爲贗品，正因所有的贗品都帶有某種程度的眞實。石粉壓的贗品，有石粉的眞實；塑膠翻模的，有塑膠的眞實；黃銅有黃銅的眞實。那個眞實性是贗品留在世界上的憑據，原來珍貴。但是贗品永遠要模仿自己是別人，說自己是一塊玉，而且動用一切法子相信自己是美玉，也動用一切手段催眠別人，說這是一塊被遺漏錯看了的美玉，這是贗品的難堪之處，內與外始終對不上，當然對世界的愛恨都無可透明，處處違和並參差了。

每看到那些年輕時購回的鍍金墜鍊，心底就後悔一次。鍍金也不能修，再送去給金匠電鍍，上頭鑲的便宜玉石還得拆，一來一去，工資遠超過飾品本身的價值。最後只能雙手一鬆，丟掉，進了垃圾桶，讓它們小小地縮成一團纏結，像是浴室毛髮團一樣。要說飾品有什麼紀念價值嗎，人老到一個程度，紀念價值也有些就自己變色了，不堪紀念了。

三葉紀

已歇業的誠品台南店，曾是我的愛店，十多年前，我習慣下班就去逛書店、逛音樂館，也會順便去逛逛樓上的「石尚自然探索屋」。

小時候，我非常非常喜歡恐龍（仔細想，世界上應該沒有小孩子不喜歡恐龍的吧），買了好多古生物化石的圖鑑。父親常帶我們去台中國立自然科學博物館，看恐龍蛋和恐龍特展，因此，我對恐龍化石的基礎認知就是：化石標本應該要出現在國家博物館，因爲那是非常嚴肅的科學，要靠考古學家挖掘與鑑定才會成立的存在。

考古學家，這個職業聽上去就很浪漫，足夠難解，足夠遙遠，隔著櫥窗與諸多文獻，帶出沉甸甸的重量，年幼的我尚且不能明白，但凡遙遠的東西都是好的。

所以，當我第一次在店裡，看到近在眼前、還貼上價格標籤的化石標本，實在大感驚愕：喔，原來三葉蟲化石是可以買的？而且還不算很貴！鸚鵡螺化石、彩斑菊石、鯊齒化石，這些都是可以買的！每一格都附上精巧的小標籤，標示著學名與綱目，以及諸如「古生代—泥盆紀」的定年，牆上也有大片的生痕化石。我幾乎喘不過氣來，彷彿墜入伸手可及的夢境。陳列在我眼前的是古生物的寶窟，以及，我不知何時已經輕輕跨過去的經濟實力，我是大人了，我有賺錢，可以買耶。原來，長大的意思是能任性地擁有三葉蟲化石，長大真好啊。

於是我多了一個花錢淘寶的地方。通常就是黃昏下了班，找位子把機車停好，繞去旁邊吃碗沙茶花枝羹，或者不吃，直接走下樓梯，去誠品把喜歡的新書買了，又踅到石尚，繞過水晶柱和各色礦石區、忽略一整排動物絨毛玩具，直接去化石區拜訪小小的三葉蟲們：最常見的是「隱頭三葉蟲」，粗粗壯壯，眼睛則幾乎看不見，頭鞍膨大肥潤像是一個小和尚；「裂肋三葉蟲」胸節多刺而華貴；「褶頰三葉蟲」則有如日本武士般戴著張揚面甲；「齒肋三葉蟲」的頭鞍葉浮誇如刀，一直延長到尾部，像京劇翎子般招搖，背脊升起縱列的棘刺；我最喜歡、但一直買不下手的，則是眼柄極長的「卡瓦勒斯基櫛蟲」，特長的小圓眼，往兩側伸出，方便把自己全身潛藏在沉積的砂底，像是一艘小小潛水艇，只露出兩隻向外界窺探的望遠鏡，可愛死了，但一隻要破萬元，唉，下不了手。

有回買得太凶，不知道是買到了多少門檻的額度，總之結帳時，店員送給我一個小盒子，說是滿額贈品。我一打開，一隻只有指甲大小的「鏡眼三葉蟲」掉出來，下半部有點殘缺，圓滾滾蜷著，我的人生怎麼那麼幸運，買東西竟然可以買到送三葉蟲。回家反覆讀著標本上小小的說明文字：「奧陶紀」。就這麼幾個字，大刀闊斧地刻出了顯生宙的峥嶸。讀起來就有礫的粗厚，有海的滋潤，古生物學的名字，完全是詩的語言。

古生物的一切名字都是美的，三葉蟲的名字本身就是美的，一身分三葉，怎麼不美。三葉蟲的構造亦是美的，硬甲層層相疊，從頭部張開，一肋生一裂，慢慢收束到尾部，呈現一個完美的長卵形。我想，人類的機械文明能夠呈現的幾何與繁複之美，其實都在極力模擬自然。

雖然眼前的是顆石頭，但是這顆小石頭曾屬一個靈巧且生氣勃勃的身體，會游泳，會吃食。每次看著三葉蟲，就感覺到心要被強大的憧憬所窒息。好想看看十億年前的地球，人類還沒有出現之前，甚至在巨大龍群還沒有誕生之前，陽光是灼白還是鮮濃的血紅？好想知道寒武紀的海浪是碧藍，是豐美的松綠，還是嚴峻的鐵灰？奧陶紀的木賊與石松，會如何昂然昇起？彼時海床上匍匐著三葉蟲群與奇蝦，巨大鸚鵡螺伸出纖細觸手泅泳。

愈喜歡愈割裂。

三葉蟲曾經游走在海床上，以牠們柔軟的小足韻律移動，牠們的韻律屬於我無從存在的時區，而我現在人在這裡，手握一個遠古地球的證據。所謂時間，所謂長大，究竟是長成了什麼樣子呢？又要往何處去呢？眞是不可思議啊。

愛化石、愛古生物的心情，其實是一個小孩對於宇宙萬物巨大的好奇。而未知，向來是最迷人、也是最令人難以忍受的。時間如此龐然難解，這樣的割裂、這樣的無所歸屬，令我感覺深深的孤獨，而孤獨與不可觸的憧憬，正是童年的魅力吧。未來誠然充滿了各種可能，然而，古生物化石剛好就是一個你可以念想、可以喜愛，但是卻已永遠不復存在了的破題：它不在這裡，也不在未來，它只屬於過去。生命裡有一處祕密的角落，有一瞬片刻，注定絕美壯闊的不思議處，你有幸瞥見一眼，但一切念想都只有美麗的遺骸留下來。說是錯過，則未免太屬於人類的膚淺思考了，因為早就錯過上億年。

那一瞬一剎化成啞然的石頭，黝黑而富含肌理。

石尚台南門市收掉之後，我也停下了那些尋寶的夜晚，終止了我的三葉蟲蒐集之旅，並且隨即將自己送進了另一個人生紀元。此時寫著寫著，想重新找三葉蟲出來摸摸，卻發現怎樣也想不起來裝滿化石的盒子，到底放哪去了？那些跨過去的年歲已經褪色，身邊的友人，一一蛻去原來的殼，而大家都還在往前走著，刻下此時呼吸，移動，篤定卻又困惑不已的生痕。

大人的玩具

小學畢業，學校送的畢業禮盒裡，有一枝閃亮的松花石綠筆，筆尖很奇怪，像是緊閉的鳥喙，寫不出顏色，爸爸說那是鋼筆，要裝墨水才能用。

鋼筆是什麼？爸爸說，是大人用的筆。

旋開鋼筆，我研究一番，然後騎腳踏車去「八大昌」買墨水。當時台南市最大的文具店就是八大昌，裡面什麼都有、什麼都賣，明星偶像小卡、名言錦句書籤、雷射貼紙、裝水和亮片的塑膠尺、轉轉筆搖搖筆、緞帶、紙藤，甚至進了專業級水彩紙，八大昌是童年的文具糖果屋，走進去能把我的零用錢吸光光。我問店員，有沒有鋼筆墨水？眞不愧是八大昌，給我一盒白金牌卡式墨水，說不確定合不合用，試試看。

我回去塞看看，呃，卡榫塞不進去欸。

後來又回去買了另一個牌子的墨水，應該是國產的，名字已經忘記，這回終於成功卡進了鋼筆。我好興奮，急著寫，拿起來甩一甩，墨水被我甩得滿桌都是，喔，大人的鋼筆不可以這樣甩。

墨水流出來了，我握著筆寫，鋼筆的筆舌含墨太多，很容易一整滴墨衝出來。筆尖像是一隻小鸚鵡，把紙刮得嘰嘰叫。抓歪了就沒水，要抓一個角度，墨才流得出來，大人的筆不好寫欸。

其實我最喜歡用鉛筆寫字，鉛筆滑順，石墨的灰調子寫起來很有層次；可是老師說上國中一定要用原子筆寫作文，原子筆寫起來太滑了，字頭又會積一坨油膩的墨，討厭極了。後來發現有種一枝八元、筆尖零點五的國產黑色中性筆，既解決了筆尖積墨問題，又能寫出粗細變化，寫字的專用筆從此定調。高中很喜歡在稿紙上練字，不是硬體書法字，單純只是享受把每一個字刻在稿紙上的氣味。字練得勤，高中投稿時，編輯看我的字筆畫剛硬分明，以爲是個中年人，想不到原來是十八歲的屁孩。

上了大學，台北盆地瀰漫一種文青的「氣味」（khì-bī）＊，每個走在路上的人看起來都很厲害、很有學養。去咖啡館，左邊坐一桌戴著眼鏡的長髮氣質美女，翻著哲學原文書；右邊一桌捲髮男正在高談蔡明亮的電影如何如何王家衛又如何如何，哇噢，連金馬影展都不知道是什麼的我，一定要跟上時代成爲新潮的大人才行，但我什麼都不懂，只懂得讀書。所以就認眞讀書，每天從圖書館借世界名著；老師上課講希臘戲劇史，我就搬索福克里斯回來讀；老師上課講英美小說，我就搬海明威和費茲傑羅回來讀；老師上課講金閣寺之美，我把三島由紀夫全部搬回宿舍。讀啊讀啊，對於成爲作家感到神往，要如何成爲作家呢？那就要像作家一樣行動，讀一樣的書，喝一樣的咖啡，用一樣的筆寫作。

所以呢，我練習在星巴克，像那些文青一樣，翻著我其實已經讀了三遍還不懂的書，有模有樣地陷入沉思，眼神飄移看向窗外。腦中什麼神奇泡泡也沒冒出來，然後我還拿出我的八元中性筆，往筆記本上亂塗，欸，好像有哪邊不太對。

喔！對了，文豪都用鋼筆！

＊**氣味**：芳香或惡臭的味道。此延伸有氣氛、氛圍之意。

三島由紀夫用鋼筆寫小說、夏目漱石也用鋼筆寫小說，鋼筆是現代文學的象徵。但是他們怎麼可能用那種像小鸚鵡一樣的鋼筆寫上萬個字？算了我還是繼續用八元中性筆好了。

又後來，才知道鋼筆的筆尖有分好壞的，畢業典禮拿到的那枝是廉價的禮品筆，用來擺好看的，不是眞的拿來寫。我的松花綠鋼筆把紙刮得嘰嘰叫，正與夏目漱石在〈余と万年筆〉＊文中，對百利金的初評價一模一樣。夏目漱石寫作的年代，鋼筆才剛進入日本不久，作家不小心用到爛筆的沮喪溢於紙表。至於我，比他幸運得多，一百年後鋼筆的世界，已經是寫字人的天堂，鋼筆製造商百花齊放。而眞正好用的鋼筆一枝要價成千上萬，我直到畢業開始工作，才踏入鋼筆坑。

第一枝筆是爽利的法國「水人」（Waterman），筆感很硬，外型是冷冽洗鍊的星空藍，相當符合我心中對於詩人用筆的想像；上海文人圈深愛的老派「派克」（Parker）鋼筆，我用起來則完全沒有感覺。有一陣子愛極了德國「輝柏」（Faber-Castell）的木質鋼筆，溫暖木紋配洗鍊銀色筆蓋，兩

＊**〈余と万年筆〉**：爲一九一二年夏目漱石爲丸善書店寫的一篇隨筆。裡面絮絮叨叨了許多對鋼筆的抱怨，包含他在船上做體操，結果折斷了友人好意贈送他的鋼筆。其中一段對於菸斗、酒杯或鋼筆收藏狂的評論相當犀利：「要從蒐集狂的角度來說，這些拿菸斗當擺飾的人也好，玩酒杯的人也罷，又或者收集葫蘆的人，都是受同樣的心性驅使。他們眞正賞玩的，是在同類物品中靈敏感受到外行人難以察覺的差異的感性。」

種媒材表情揉合於一；但輝柏的筆尖甚粗重，比較適合簽名而非寫字。也曾迷戀「百利金」（Pelikan）的精緻感，但是百利金太纖巧，寫了幾回，果然適合比我更精緻玲瓏的人來寫。

後來伴侶給我一枝日本「寫樂」（Sailor）的長刀研，軟硬極適中，加上長刀研的筆尖力矩更長，一撇一捺，大開大闔，還眞有那麼幾分文豪的自我陶醉。但是寫出來的東西呢，哼哼，還是不行。

心裡很淸楚，買筆跟寫作沒有關係，那只是我成爲大人可以擁有的玩具而已。我以爲自己手邊三、四枝鋼筆已經夠敗家，但是鋼筆的收藏深不見底。不說筆尖，光是筆身設計就夠撩亂，隨意翻開鋼筆雜誌《趣味の文具箱》看看，滿版彩頁印著珠光寶氣的好筆：鑲銀環的沉靜黑檀木、沉金的復古閃爍唐草蒔繪、絢麗如錦鯉的拼花賽璐璐、不鏽鋼金屬線編織保時捷、經典尊榮白色小星星萬寶龍。尤其「萬寶龍」（Montblanc）最喜歡推出藝術家、文豪聯名系列，二零二三年的「向梵高致意」鋼筆，以頂級彩色珠寶鑲嵌打造，星空迷醉，群鴉華靡。梵谷多半沒用過鋼筆，他畫畫用的是最便宜的炭筆、鉛筆和沾水筆，萬寶龍頂級限量手工鋼筆一枝售價近六百萬，夠梵谷從二十世紀畫到二十一世紀了。這不是玩具，什麼才是玩具。

鋼筆要入墨，而墨水品項更是醉人。日本「百樂」（PILOT）Iroshizuku 色彩雫系列墨水，完全是鋼筆墨水界的分子料理：「秋櫻」、「夕燒」、「霧雨」、「冬將軍」……何等繽紛，何等魔性命名，怎不叫人生死相許。我改作文用的紅色墨水，名為「躑躅」，美得要哭。一開始以為這名字是暗喻寫作者用紅筆刪字改句的心路躑躅，後來才知道，日本的杜鵑花名就是「躑躅」，杜鵑泣血也。

好筆要配好紙，伴侶出差，還特意買了日本文豪專用的稿紙給我。我說，我不用這個啦，現在都是手機打字了。伴侶說，作家不是都會留手稿嗎？以後博物館展覽會用到啊。我直翻白眼，與其癡心肖想博物館收我的手稿，還是先收一收亂得要命的房間（書桌？豢養幼兒的人哪有書桌可言？）比較實際，對於時間貧乏的人來說，不管是一包六十塊還是六百塊的稿紙，我都玩不起。

說到玩家，真正的玩家其實就在我身旁。伴侶愛筆愛得瘋魔，鋼筆某個程度來說是男人的珠寶。在胸前口袋插枝鋼筆，就能帶出一絲不凡的文藝氣息，這玩具既有書寫的實用性，又深具投資翻倍的價值，還能打造出個人品牌識別度，難怪一堆鋼筆玩家在火坑裡上竄下跳，身懷上百枝收藏。等遲緩的我意會過來時，伴侶入坑已經太深。他究竟收藏了多少枝鋼筆，始終不願意告訴我，我只知道鋼筆和墨水寶貝們占據了好幾櫃大抽屜。不過身邊有瘋狂玩家是有好處的，我沒空顧鋼筆，換水洗筆嫌麻煩，就全數交給他來處理，反正伴侶比我更關心這些玩具的需求。何況，鋼筆最怕摔，而我就跟做個體操也會不慎折斷鋼筆的夏目漱石一樣粗手粗腳，乾脆當個伸手牌就好。

至於日常寫字，現在我的口袋裡，常備一枝鉛筆、一枝中性筆，還有一枝「吳竹」自來水毛筆，眞奇妙，我竟然開始在日常生活中寫軟筆字。而這三者都是不怕摔壞的筆，弄掉了也不心疼，我要的是日常的機動性。

寫字三十餘載，對我而言，書寫與柴米油鹽一般，已經成爲身體呼吸的一部分，能用就好。或者，我已經明白我身上永遠也不會有台北文青那種飄飄蕩蕩的「氣味」，而我也不再需要。又或者，我終於搞清楚了海明威根本都用鉛筆寫作，他的浪漫是在咖啡館削鉛筆，而他用什麼筆，其實跟寫出《一個乾淨明亮的地方》（*A Clean, Well-Lighted Place*）都沒有關係；費茲傑羅則在窮途末路中，用鉛筆寫出了《大亨小傳》（*The Great Gatsby*）。所謂文豪，只要能留下痕跡的，都寫。字的力量是回應心中所思所想，人給字造一雙翅膀，紙筆是那驚鴻留下的爪痕，最簡單也最直接的一種。

如硯或者如墨

筆洗，畫刀，假吐金菊

前幾年日本出了一本東京大學美術系的書，賣得很好，行銷文案寫著這是美術系天才的渾沌生活一次披露。興沖沖地買回來看，結果大失所望，內容只有上野動物園的企鵝有趣些。

大家總覺得學藝術很有趣，不過，以全台灣的美術系來比較，師大的環境絕對算無聊。大學每次修通識課，他系的同學聽到我是美術系，就很好奇，問人體模特是眞的全裸的嗎？可以帶我們進去參觀嗎？

當然不行，其實人體課就跟師大一樣傳統，端正，兢兢業業。但是那嚴肅與無聊裡面仍然閃耀，我想是因爲同學們足夠有趣，閃亮的是年輕。現在回想，完全想不起課堂畫了些什麼。

但是美術系確實有些趣味的小事。比方說，畫水墨用的「筆洗」，就非常重要。

筆洗其實是一種丁字型切分的水桶，從國小美術班訓練期間就會開始用。因爲水墨畫要做出濃淡墨韻，所以筆洗被設計成三格，一格必定裝純淸水，用來調整墨色，另外兩格才是洗筆用的。

爲什麼說筆洗很重要？因爲留在系館熬夜畫畫最大的樂趣，是翻牆出去買燈籠滷味，還有大台北滷味。買了冬粉、花干、雞肝，這幾項是我最愛吃的，但是卻捨不得買紙碗，用塑膠袋裝回來，濕淋淋的怎麼吃？所以把包著滷味的塑膠袋外翻，套在筆洗上，筆洗就成爲一個半月型碗公，剩下的兩格插筷子放湯匙。吃完了翻回來綁好，筆洗乾乾淨淨，省兩塊錢的免洗碗。

既然想起買滷味，就想起來每次翻系館的牆，圍牆和鐵門必定冰冷又潮濕。台北多雨，所以牛仔褲屁股也永遠難以乾爽，回到系館教室，同學弄了台熱風式電爐來烘著，好暖，作品和褲子都是一下就乾了。

說到吃，又想起中秋節，同學們放完連假回學校，必定從家裡帶文旦來。但是文旦在系館怎麼吃呀，又不會在系館放水果刀。所以拿油畫用的畫刀來殺文旦，畫刀用來殺文旦非常好，不會切得太深，把外皮和頭切掉就可以了，剩下的用手慢慢剝，文旦是最適合衆人分享的水果。

說到吃東西，就又想到系館的蟑螂。美術系的蟑螂、蠹魚有一點很稀奇，因爲牠們能吃的東西非常廣泛，所以就會往畫作上吃去。常常今天畫了一半的水彩畫，隔天來看，有一邊已經被蟑螂趁新鮮吃了個坑坑巴巴。我有回突發奇想，抓了四隻小蟑螂黏在紙上做色票，心想這些吃貨一定是移動式的活體顏料罐，結果一壓扁，三隻肚子裡統統都是普魯士藍，只有一隻是鉻黃。原來蟑螂吃顏料仍然有口味偏好的。

說到顏料，又想起來師大辦運動會。傳統是大一生要參加啦啦隊比賽，啦啦隊比賽那一定是公領系*第一，美術系去幹麼？去做嘉年華。那年，我們班的主題是少林足球。舞蹈組女生扮成功夫春麗，男生則全身塗上黃色底漆、遍刷金銅粉，變身十八銅人；道具組負責用紙板和木架搭

***公領系**：編按——即公民教育與活動領導學系。

建出近兩層樓高的少林寺。道具搭好了，師大側門是小門，進不去，幸好師大正門夠高，把少林寺一路浩蕩抬過和平東路。往操場上一放，十八銅人一出場，全校樂不可支，美術系這就功德圓滿了。

又想到美術系晚會的百鬼夜行。同學們扮成殭屍、吸血鬼，在師大夜市、龍泉街上遊蕩，少年少女妖媚又清純，白目且可愛，是太可愛了。

思來想去，年輕的師大眞美，那恐怕就是我的版本；浦城街也美麗，龍泉街也美麗，時常很悔年輕時沒有留在台北發展。

昨晚回台北辦事，匆忙走過羅斯福路，遠遠瞥見「秀石軒」的燈還亮著，一瞬間很想停下來，不去參加朋友的發表會了。心裡渴望著轉個彎繞進去，重新推開那灰塵的玻璃鋁門，蹲在地上翻找芙蓉小閒章。但，與人約定就是約定，而明天週日，秀石軒公休，也不可能來了，一念之間就安靜地錯過去。

週日無雨，早上空氣明亮微熱，出了古亭站，沿著紅圍牆走。「讀字書店」收了、「耕硯齋」沒開，我慢吞吞走進母校操場，默立了一會兒，覺得台北好生美麗——跑道上熱汗滿身的年輕人、娃娃車載著呱呱叫的幼兒、圍牆灰黑的屋漏痕、路邊斜倚著三兩名熟睡的街友，一切的「腌臢」(a-tsa)＊與明亮都如此熟悉、如此深切，我曾踏過的一切都失去了，而這裡已沒有什麼是我可以留戀的了。除了春天遍地的假吐金菊，愉悅，纖細，翠綠。

我明白，正因台北永遠不會是我的，而我也將不會是台北的，所以鄉愁更形憂傷與疏遠；而正因我對台北已無欲望，我從此得了自由與全部的台北的美麗。

＊**腌臢：**意指骯髒、雜亂。

老紙與老墨

整理工作室，翻出了最後一小包老宣紙，不到半刀*的量，是品質很好的南投紙廠出品。算一算已經壓了十五年吧，基於斷捨離的原則，我轉送給寫字的朋友。

朋友很驚喜：「眞的捨得送給我嗎？」

我說：「是啊，因爲現在的我，已經用不上老紙了，不如送給很愛很愛她的人。」

大學讀水墨組，畫來畫去，多是青春虛妄，說不上什麼深刻造詣。初學者能力不好，就會對文房四寶特別講究，打工得來的錢全砸在上面。紙、筆、墨、硯這四品之中，唯有筆是新的好，因爲老筆會脫膠，寫起來筆毛亂飛，無法駕馭；而紙、墨、硯，

*半刀：宣紙的量詞，一刀即是一百張。

都是老的難得。師大附近全是些可怕的荷包陷阱——沒事就一間一間去逛印石鋪，淘一淘便宜的老芙蓉素章，或是去耕硯齋翻翻老坑的角料小端硯。有時也會逛那些充滿灰塵的文具店，店主人百無聊賴，永遠坐在發黃膠墊的鐵辦公桌後頭看電視，我則冒著汗在英文生字簿與圓規三角尺間尋寶，偶爾淘到庫存的小條老墨，就整批買下，得意得不得了。

紙呢？「安徽紅星老紙」是買不起的，但是可以買新紙回來陳放，所以一刀一刀地買。

宣紙爲什麼要陳放？新紙潔白亮麗，展開來像是一片新雪，有什麼不好？事實上，新做出來的紙，表面往往還殘留著一點漿，寫起字來，吸墨的感受是尖銳抗拒的，墨韻表現也比較浮躁，墨汁在紙面纖維中跑的速度、沉澱的方式，都不甚理想。寫個字像是在跟紙打架一樣，本來就寫不好的新手，就更沒耐性。但是如果把紙放上一段時間，漿慢慢退去了，原本嶄新耀眼的紙色會變得比較柔和，寫起字來，宣紙就變成了一位願意傾聽的老朋友，吸納百川、反映墨色萬千深沉，那實在是享受。

而且，新紙一律潔白，看不出好壞，陳放一段時間後，有些劣質的紙，就會開始出現褐黃的斑點，那黃斑是完全無救的，會一年一年地敗壞下去，直到整張紙淚痕斑斑。假如陳放多年的紙仍然不起斑，正足以證明宣紙的品質，所以買老紙有點像是在買珠寶，買的是老的材料、老的手藝。老不一定好，重點是好，才禁得起老。

而老紙還得配老墨。

墨條是用煙、動物膠與中藥香料做的，要清雅，用「松煙」；要濃黑，用「油煙」。將松木或桐油燃燒而生的碳粒，收集起來，加入龍腦麝香冰片等香料藥材，與煮好的動物膠揉和，成爲柔軟有彈性的墨團，再放入模型中壓製、乾燥，便成墨條。古人說的墨分五色，指的是畫畫時的「乾、濕、濃、淡、焦」，可是墨眞的不止五色，隨著燃燒材料、取煙等級不同，墨就會產生明顯的色調差異，雖然乍看都是黑色，但是隨著水分暈染，紙上呈現出來的深淺灰調子，就有冷灰與暖灰之分。松煙往往偏向清冷的藍灰色調，畫山水、畫雲瀑十分優雅；油煙則多偏向較爲暖色的褐色調，畫老屋瓦、畫木石都顯古樸。更有些昂貴的墨，會呈現出紫藍調，明明畫的是墨竹、蘭花，黑裡頭卻帶著奢靡的豔色，太銷魂。

新墨顏色鮮明，但是動物膠也還很新鮮、膠和力強，磨出來的墨汁濃稠，在紙上流動時，膠對碳粒的拉扯力很強、流速很活潑，能做出一些有趣的花樣變化，但這不是古典文人畫的風格，文人畫講究的是內斂。所以要老墨，墨條放久了，膠逐漸退去、失去黏性，這時候磨出來的墨汁，就比較「鬆」，比較安靜，隨著畫筆落在紙上，碳粒的沉澱表現層次感是幽微的，與新墨的喧譁亮麗截然不同。

當年在師大念書時，學生已經不太畫文人畫了。現代水墨追求的是畫面風格的極致表現，流行動輒八尺十尺的大畫幅，畫抽象、畫寫實，要慢慢磨墨是不可能的，於是就買墨汁。現代的墨汁品質非常好、穩定，而磨墨不但費力，還常常濃淡不一。除了墨汁之外，爲了符合現代水墨畫家的需求，廠商甚至開發了磨墨機，墨條裝好、按鈕按下去，就跟刨冰機一樣刷刷刷，磨出一大缽墨汁來。

磨墨機刷刷刷地磨出來的墨，和用手慢慢磨出來的墨，當然不一樣，因爲手磨的墨力道不甚平均，墨汁裡的顆粒也因此產生細微差異，畫在巨幅作品上沒什麼感覺，可是如果是小小一方畫箋，那墨色瞬間的變化生動，就像是鳥兒靈巧撲翅，會讓人心頭一震。

總歸文房四寶太迷人，根本就是無窮無盡的玩具錢坑。父母寵我，大學時給材料費從不手軟，加上自己打工的錢，亂買狂買，畢業時滿滿載了一卡車的畫具和作品回家，還外加三隻在籠中啁啾的鳥兒。那一刀刀四處收集來的宣紙、一方方的墨條、各色硯台印石也就這樣回到了南部，安歇在小小畫室裡。後來轉向畫膠彩，水墨畫得少了，十多年過去，新紙當然成了老紙，有些品質差的，就毫不客氣泛起密密的黃斑，我跟學生開玩笑說這叫做「人老紙黃」——拿去墊便當，吸油最適合。墨條用得節省，多半只用於線稿和簽名，也就統統被放成了老墨。

紙墨俱老，重要的是畫家成長了，殘破不堪的禿筆，在我手上也乖順如同養熟了的白文鳥。一個成熟的畫家，不應侷限於紙墨的新舊，而應順著他們的性格來畫。不要說宣紙了，圖畫紙、瓦楞紙都是能畫之紙，有空磨墨當然好，沒空墨汁也使得。能讓媒材發揮出他們的最大效力，有什麼不能用的？

重點是畫畫的人，與心中想畫的畫，是不是好的。

紙筆墨硯是工具，手眼亦是工具，最終成就的是作品。如果畫家的心靈是自由飽滿的，才能夠看見、創造美，這簡直就是修道。以前在高中課本裡讀夏丏尊與弘一大師吃醃素菜，夏丏尊抱怨其中一盤醃素菜太鹹，大師說：「好的！鹹的也有鹹的滋味，也好的！」微中年的我，終於體會了大師禪意——老紙是好的，新紙也是好的；老墨固然難得，新墨也同樣值得愛憐。小孩子才做選擇，大人我全都要——不對，是全部都可以駕馭了。

既然現在的我已經得道，那麼，囤了那麼多的老紙老墨，又用不完，豈不就浪費這些好東西？於是我慢慢整理，將用不上的老墨送給朋友，畢竟墨放得太老了，膠質全退，那就成廢墨，而送給鍾情老紙的書畫家，自然能將老紙發揮最大效用。現在的我除了用各種奇奇怪怪的紙筆創作，還開始用iPad畫畫。新的電腦繪畫軟體實在太強大了，筆觸細膩、暈染又自然，畫起來簡直就像是眞的水墨一樣，特別適合育兒時期的藝術家——調皮的幼兒會把紙撕破，會把墨條摔斷、硯台敲裂。我的蘋果筆就算被幼兒放在無牙的嘴裡大嚼，不但安然無事，畫完了我還不用洗筆。

大學教授曾喟嘆著，告訴班上的女同學們：未來想成爲藝術家，就不要結婚生子，生了孩子就不可能再創作了。畢業十五年，我已體認自己恐怕不能成爲一線藝術家，大幅作品若是賣不掉，放在家中徒生煩惱，也就愈來愈少畫。不過，我的創作之路卻從來沒有停止過，與其追求人書俱老，我認爲無論選擇何種創作形式，人與作品都應苟日新、日日新，畢竟藝術家也肩負引領時代思想之責任，藝術家的靈魂，永遠最新。

君子如硯

大學時期很迷硯台。師大附近書畫用品店多，下了課，喜歡去「蕙風堂」之類的店閒逛，櫥窗裡擺著動輒三、四十萬的大硯，那些精品絕不是窮學生可以染指的。但店內也賣些巴掌大的小硯，玲瓏可愛，儲不了多少墨，屬於收藏價值多於實用的品相硯，價格就比較親切了。

硯台不只是文具，亦屬玩具。收藏硯台的人，實是爲了玩賞各類名硯的形色、風華。中國有四大名硯：端硯、歙硯、洮硯、澄泥硯。依著產地、石種的不同，展現出不同的性格——「端硯」細膩溫柔，常現豬肝色、紫藕色；「歙硯」色玄，發墨爽利；「洮硯」是綠泥岩製成，有沉積岩的帶狀花紋，青碧似玉；「澄泥」硯色彩最爲多變，有鱔黃、蟹殼青、玫瑰紫等不同顏色，但卻不是天然石材，而是以澄洗過的細泥做爲原料，經人爲加工燒製而成的陶泥硯。

四大名硯之中，我最喜愛歙硯。愛其發墨快速、石質涼滑可比少女臉頰，更愛其冷冽的色澤。有那經典的羅紋硯，岩紋整齊交織如緞似錦、又如同幽微的風起雲動；有那大水浪紋，深鐵灰基底破開濃黑筆觸，間以銀星兩三點，像是初初墜落埤塘田野的雷陣雨；也有那櫛比的松皮羅紋；有那細密簇生如鱘卵的魚子坑；更有漂亮的金星硯，岩石結構中雜以少量黃鐵礦雜質，如夏夜繁星，也有成月色暈影的金暈硯，邐迤閃耀，一硯之內有宇宙感。

要收藏硯，眞是永遠也收不完的，世上多少好看的硯呀。我看硯看了好久，從大一看到大四，終於下定決心，當年在浦城街的耕硯齋買下一方眉紋硯，耕硯齋的硯台石料好，價格也親民，唯一缺點是硯台雕工比較粗糙，多雕了兩隻不知所云的蝙蝠，減損了硯的美貌。

其實硯做雕飾，多半是爲了掩瑕。天然岩石必有裂紋或雜質，匠人就把裂紋藏進凹凸不平的雕飾中，做一個巧雕來蓋過去。近代也有名匠雕刻技藝高，巧雕做得精采，於是作品愈雕愈是浮誇，到後來反而有點喧賓奪主了。我極為反感硯的過度裝飾，石頭本來自有其可愛、可觀的山水妙意，硬要加上簑翁一名、硬要裝填上幾座閣樓涼亭，就俗了。俗原來亦有俗的可愛，可是為了炫技的俗，就很不可愛。

我買的眉紋硯，之所以被稱做眉紋，其實是因為這種石紋擁有深黑和銀灰交錯的長筆觸，像是美人用青黛畫出來的一道道眉毛。其實我覺得也像是颱風來襲前，海上的長浪，一道道推進陸地，充滿了海的多變與折射、翻騰與靜默。石頭本身如此美好，實在是不需要雕上蝙蝠，再來添增什麼吉祥福氣的贅言。不過既然買下來了，我就愛她，用功磨墨、多寫字。

年輕時拚展覽，每個美術系學生都要製作超大尺幅的畢業作品，用硯台磨墨，根本應付不了現代水墨的畫幅需求，所以當時學生多使用現成罐裝的墨汁來作畫。記得大四畢業時，蕙風堂甚至進了韓國的電動磨墨機，把墨條裝上去，打開機器開關，小小機器手臂像頭小驢推磨，轉著圈子、刷刷刷地磨出一大缽墨汁來，談不上多風雅，但是超級可愛。

只有練字、畫小品水墨時，才會用硯慢慢磨墨。硯有其容量，有其疆界，磨多少墨，寫多少字，寫盡再磨。淋漓張狂是好的，無度卻不利於長久，精神浮腫而已，用硯不是爲了風雅，倒是界線的自惕。

有一回，閒閒逛去耕硯齋淘寶，淘得幾條極美的老硃砂墨，老得幾乎要退膠了，入手極沉，在燈下旋轉著墨條，可以看到辰砂顆粒閃爍的紫光，很驚喜，回家馬上開磨。磨著、磨著，覺得手感好像不大對，等到洗硯台時，我才發現糟糕，原來老硃砂墨用料雖然紮實，但使用的卻是粗顆粒硃砂，一粒粒礦物結晶尖利非常，把硯台硬刮出個小花臉。

從此知道了硃砂墨不可以亂用，怕硯承受不住，所幸傷的是歙硯，若是石質更軟的端硯，那就要刮成深刻難看的大花臉了。但受傷原是硯台的本職，一方硯之所以誕生，是爲了用堅硬的石身去抵抗墨條，搭上水的助力，才能將墨研碎溶解，化爲好用的墨水。

被刮傷了的硯台可以補救，只需拿細號數的水砂紙，打上清水，仔細重新拋磨硯面，將刮傷的地方磨去即可。其實硯台用一陣子之後，也是需要保養的。既然硯長時間用自身的鋒芒去和墨條對抗，久了，表面就會被磨到太過光滑、不容易發墨了。硯之保養，即是打磨；幫硯面的傷痕髒汙、殘墨和太過光滑的區域，做一次清除。磨硯的目的如同磨刀，磨去鈍化的舊皮，恢復器物應有的爽利。

硯被使用過以後，自然會留下痕跡，只是有些痕跡眞的很驚人。我曾在故宮博物院看過那歷練多代的古硯，硯中心已經被磨到深深凹陷下去，若是一方薄硯，恐怕會被磨穿。當時故宮尚未全面整修，我趴在陰暗霉味的櫥窗上看得入迷，年少的心澎湃不已，深深激勵自己一定要用功。就算是天天寫、用力寫，寫完一輩子，我也絕不可能磨穿手上的那方眉紋硯，寫字時想到硯的生命遠比人長久，心情就變得奇妙而謙卑。

一方硯的好壞，重點不在雕工之巧，也不在紋路之華美。眞正好硯的必要條件，其實只是質地細潤、儲水磨墨不易乾涸、發墨均勻而已。看起來條件簡單，要碰到眞正合用的卻不太容易。古人都說君子如玉，我後來覺得，在這快速奔忙的時代裡，君子不必如玉。玉恐怕太高潔了，入不得世，入世的君子，但求如硯耐磨、耐俗，墨海無涯，硯只取那一方的用度。自礪有時，用功有時，人家給你的磨礪，要能化成墨；人家給的灌溉與福澤，你要留得住。

禿筆兼容

買毛筆時，書畫用品店的老闆會問：想要買「狼毫」還是「羊毫」？

毛筆粗分爲兩類毫尖：狼毫硬，羊毫軟。小時候上書法課，老師不太喜歡讓孩子們用狼毫筆，狼毫太尖厲了，寫出來的筆觸鋒芒畢露。老師說學字學到一個程度，能用羊毫才好。最好是用純羊毫筆，夠柔和，能展現書法家的氣韻、筆力。但是對初學者來說，有彈性的狼毫，比起柔若無骨的羊毫，更容易控制力氣。羊毛做的筆鋒，一吸了水，橫畫頹倒、豎畫肥膩，寫兩個字就令人信心全失。

說是狼毫，其實不是取眞的狼毛，而是用黃鼠狼的毛做的。狼毫因爲硬挺，比較接近硬筆字的書寫感受。對手腕力量尚且不穩的初學者來說，用狼毫輕鬆愉快，它自己就可以支持自己。也有更高級的松鼠毛筆，造價昂貴，畢竟幾隻松鼠的尾巴毛，湊不了一枝筆。

老師怕我們仰賴狼毫之力，取巧不進步，所以折衷吧，買「兼毫」。把狼毫毛藏在其中，外層則包覆一圈羊毫，是謂兼毫。表面上看是飽滿有肉的羊毫，其實裡面的筋骨堅硬，讓寫字的手不要那麼吃力，又能達到老師訓練筆韻變化的要求，很適合初學者。

下課時洗筆也很好玩，因爲兼毫筆在水柱下沖洗時，外層白色的軟毛一沖開，裡面是褐黑的。彷彿一張羊皮剝了，裡面藏著的大野狼就忽然露餡。倒轉筆頭，在水龍頭下嘩啦啦沖來沖去，讓大野狼的屁股一直跑出來，直到老師喝令我們別再浪費水，這才消停。

用一陣子，兼毫外面的羊毛被不平均地磨禿、脫落了，裡面硬邦邦的狼毫還在，筆鋒就參差不齊了。人老，是白髮漸長，筆老了卻是白髮漸褪，硬生生露出一叢頑皮的黑毛來。

失卻鋒芒的筆，不好寫字，通常就從書法的位置退役下來，改用來畫畫。參差不齊的禿筆，畫山石、樹幹都好，最適合畫皴擦，大斧劈皴、小斧劈皴、披麻皴，都好，怎麼皴怎麼蒼茫。

這時候禿筆和我的關係很好，且常常用它，愈禿愈好用。主要是不懼怕用筆的規矩了，不怕傷筆毛，不怕畫錯。禿筆是最寬大、最溫柔的筆，我甚至也敢用禿筆寫書法字了——缺漏就讓它缺漏吧，自己轉個腕，造出角度來；吸墨乏了，調整呼吸節奏，慢下來。

大概是自己已長到兼容的年分了，而一路上所遇見的人事物，也就這樣不急不緩地，兼容著我呢。外表柔軟而保持內心的堅韌，沒想過，幸福是活成一枝禿筆。

而禿筆走著走著，終有再也不能使用的時刻。只剩下筆桿和一點點毛，有的毛脫落得太兇了，空中一揮就筆毛四散，這樣的筆多半服役超過十年，捨不得丟，收集了一大把，不知道怎麼辦才好。

後來才知道，京都專賣裝裱材料的店家，會在炎熱的夏季裡舉辦「刷毛供養會」。

將這一年用禿了的裱毛筆刷收集起來，在南禪寺進行火化供養，年年不間斷，已舉辦了超過一甲子。燒個廢筆也要給它一個儀式，旁人或許覺得假鬼假怪，但是和筆工作多年的我，卻完全能理解禿筆應當獲得高度的敬重。動物的肉身已死，遺下的毛髮卻奉獻出死亡之後的年歲，讓予人類創造美，實在是不可思議的緣分。

藝文界多吹捧個人成就，人人都想攀得大師之名，比拚誰的作品技巧高超、議題精妙、立論脫俗，未曾想過這些榮耀其實也是虛構。若非這許許多多無名的動物之死，獻出自己的毛髮，來成就藝術家的論述與實驗，那至高之境，怎麼會是一人之力、一人之悟？眾生與我，生與死，都是牽絆在一起的。

寫字的事

打蚊子一向是我的罩門，兩眼睜睜緊盯著蚊子繞來繞去，一出手，肯定打不到，反而是沒相準，隨手一打，中了，好不快哉。

寫字臨帖，跟打蚊子，倒也相似。

我喜歡寫書法，但寫得不好。主要是臨帖對我而言太難，看著書帖上是一個結構，筆下就歪歪斜斜，令人氣餒。國中讀美術班，書法啟蒙來自洪尚華老師，洪老師講起帖來，都不是講字，卻是在講自然、講人情義理，相當有趣。他讓學生自己回家挑書帖來練，挑帖的重點就是第一眼要看得順眼、喜歡。我挑了宋徽宗，很迷瘦金書的纖纖絕美，洪老師告訴我：瘦金書不好寫，因爲字如其人，瘦金書重點是有著帝王寫出來的貴氣，修飾極致而不能落俗。我對洪老師既敬且畏，寫瘦金書時就提醒自己：帝王氣勢、貴氣。我臨得出來嗎？

當然臨不出來，我只是盼著自己沾點仙氣吧，青少年時期，對自己沒有自信，且總是嚮往著與自己截然相反的東西。高中的至交好友，倒是寫得一筆極好的瘦金書，她擔任國文小老師，隨手寫個催作業的板書，都美得讓人想把黑板鑿下來帶走。她的性子也確實帶著仙貴，靈魂裡有深蘊一塊不落世俗的自潔之境，是眞正的字如其人，原來老師沒有騙人。

字寫不好，對我來說是會影響升學的大事，因爲大學考美術系聯招，一定要考書法，爲了分數好看，我權且改習較爲容易上手的隸書。吃過瘦金書的纖細苦頭，隸書我不敢挑秀美的「乙瑛碑」，選了四平八穩的「史晨碑」。蠶頭燕尾反正橫豎亂畫都七八分像樣，硬湊著考上了師大美術系。

師大的書法課，開在一年級。我修的是鄭翼翔老師的課，鄭老師的小研究室藏在水彩教室旁邊，裡頭塞滿各種參考書報、刊物，隨便一動就會像土石流那樣崩塌。有時和同學留晚了，待在教室裡畫水彩，鄭老師還會泡即溶三合一咖啡出來請我們喝。重點是喝完了，要自己把塑膠攪拌匙洗乾淨，再拿回去還老師，這樣下次喝咖啡還可以用。如此惜物可愛的鄭老師，給書法分數相當寬容，我字寫得很差勁，還得了高分，想必不是因爲寫得好，是因爲老師爲了鼓勵學生對書法有興趣、給點胡蘿蔔讓我們繼續前進吧。

在師大求學的好處之一，就是處處有名人的字畫可以欣賞。動不動走進這間店吃飯看到了臺靜農的字，走到隔壁店看到沈尹默的字，走進另一間店又看到了周夢蝶的字。有回系館上課，一走過去竟然看到周夢蝶本人站在一樓，衣衫飄飄，挺秀得像尊寶藍色的小瓷瓶，一如他的字，處處收成一個頓點。我鼓起全部勇氣，去搭訕欽慕多年的詩人，結果老先生答話鄉音濃重，我根本聽不懂啊，好不容易聽懂了：他在等鄭善禧老師下課。天啊！我在跟周夢蝶說話，周、夢、蝶欸！寫出〈川端橋夜坐〉的詩人欸！後來回想覺得很幸運，人生能親眼見一回白菊花般美麗的人。

後來又去修杜忠誥老師的通識書法課，老師走起路來精神極爲抖擻，上課時總是勉勵學生，要趁著年輕有體力時盡量用功，說自己年輕時練字，可以整夜不睡覺，一件作品就寫個二十張來挑選。狂者進取，若是要以作家寫作的方式來比擬，杜老師大概就是布蘭登・山德森（Brandon Sanderson）那種超狂霸主，一部小說會直接寫出六個結局版本，最後再來挑一個出版的終極寫作方式。

從杜老師的作品之中，我開始學習辨識所謂書家氣質。師大旁有蕙風堂，能近距離欣賞名家字畫；故宮又近，趁地利之便，三不五時就去外雙溪看王羲之、米芾、黃庭堅。我的資質愚魯，學習慢，眞正開始稍稍能懂帖，靠的是量的累積。

升上三年級，還修到周澄老師的篆刻課，能親見周澄老師的篆刻示範，那實在是福氣。可惜當時眼界和手的技術都遠遠不到位，一個外行屁孩根本吸收不了什麼，上課時，與其說吸收了什麼篆刻的方法，不如說，眞正的收穫是觀摩周老師的謙沖美麗，想著自己若有朝一日也能學得那樣秀雅的氣質，該有多好。老師上課示範的印款，則小心珍藏起來。

當學生時，篆刻印石買得很多，但沒刻出幾枚好印，總覺得相當羞赧。而眞正開始好好地寫字玩印，反而是在學校開始教書之後的事。此時的校園美術課早已不必教書法，國小的書法課亦廢除，書法教育眞正從公辦校園中式微了。但此時的我，反而想讓學生練練柔軟、多變的書法字。既想讓學生練習字，自己就得先摸出教學的正確方向，若是一下手就硬逼學生從柳公權、顏眞卿這些硬工夫開始臨摹，那堂美術課，保證無聊到全班砸墨汁。於是我開始讀金農的帖、讀鄭燮，試圖從淸代的怪奇之路，去找出現代書法教學的突破之處。

現代人生活忙碌，通訊多用打字，連硬筆字都懶得好好寫，要讓學生有動機，那就先得勾起他們的好奇心。於是我斷然放棄端莊秀美的教學道路，逕走怪險。讓學生挑選簡單又挑釁的流行語彙，用自己不熟悉的方式，拿毛筆歪歪倒倒亂畫，反正一橫一豎之間，眞實的自我就會流露出來。結果教學成效好得驚人，學生不只自己寫出了好字，還一併學會看懂、鑑賞同儕的書風——甲同學爲人謹愼，寫的字就眞的比較拘謹；乙同學平時少根筋、做事「落漆」(lak-tshat)，字則豁然開闊；丙同學寫字雖然平平，但選的字句都是新鮮葷段子，大家最愛看。上一堂課爆笑不斷，在笑鬧之間，學生對寫書法也就沒那麼畏懼了。

我在學生身上學到最多的東西，就是人人皆具有創作潛能，人人都可以寫出佳作，只要動手下去寫，必有自己的道路隱然若揭，鄭燮「人各有體」的主張，古今皆通用。

既然理解了我手寫我體，學生也就容易理解何謂字體的風格，理解到字的空間結構迴異，判定何處應該輕縱、何處要緊實，如何持重、不偏不倚。既有錯落拖行的慢板，也少不了扣心的急拍。有人天生善寫濃豔，有人偏好無爲的淡雅。濃淡之別，示現衆生相的繽紛。給學生講字，我談結構，談情意，學生最愛聽的是蘇軾的〈寒食帖〉，說一個人如何少年得意卻中年潦倒，如何憂傷，又如何將心事無人知的稀微寄託給筆墨。學生聽了以後，對於臨帖好像也有那麼一點共感了。

讓學生臨帖，我開門見山地說，要臨摹這個帖的心情，去感覺筆觸想表現什麼。臨帖實是臨意。其實不該貼得太近，年輕的我總是過於衝撞、刻意，急於模仿太多字型的枝微末節，實則正要像打蚊子那樣，隨手擊出，不要死盯著硬看，用眼角餘光去捕捉飛行的動態與走勢——好像有在看、又好像沒在看，這樣蚊子打得到，帖也臨得入心。尤其是自運創作時，盡量不去想字的長相與格局，就順順當當寫過去，如自跳一支舞，放鬆思緒讓身體流淌樂音之間，待舞畢樂息時，便是本來姿態。

教呀教地，學生一邊寫，我卻一邊覺得自己也確實進步了，開始自在了，這多年來的一切練習、撞牆，像是賦格曲終於在正確的對位法中交織起來，遂得以入臨帖的法門，也享受到寫書法的樂趣。

說字簡單，提筆練習時，最難在和說得一樣簡單。若是一心想著我必要寫出最好的字，作品便生出虛僞的架子來。隨手亂寫的第一張習作，自然流露，往往最好，但是落款最壞。後面的字愈寫就愈造作，落款卻好。於是連續寫個二、三十張吧，統統失敗，明日再來。一件好的書法作品，要耗費多少紙張、多少時光？直到身體語言融而爲一，可以坦露眞實自我而不卑不亢、不感羞赧，難矣。

猶記得，洪尚華老師說：習字就是在修心。也是人到中年，才知道老師這話並非高邈的道德勸說，而是深貼地面、額髮沾泥的實際經驗。套用電影《一代宗師》的台詞來說，習字的層次，也不過求個「見自己、見天地、見眾生」。有時自己的身心狀況不好，字便大大退步。以爲這帖明明已經習得爛熟了，寫畢檢討又見多處扭曲，不得本意；有時以爲自己進步，見到了天地，而一步自欺，又退回無明之境。一重又一重，其實是來回地走、來回地示現，沒有終點。

張猛龍碑

「老大」在大二、大三那幾年，非常喜歡寫「張猛龍碑」。

老大比班上的同學穩重得多。我大學時還是個未經馴化的類亞斯人，經常說些白目的話，得罪不少人。老大偶爾就會抓我：「走，去抽根菸。」並藉著一根菸勸誡我做人的道理，我其實有聽沒懂，只知道我做事方法錯了，讓人不舒服了，多年以後回想起來很羞愧，覺得自己簡直是個白癡，但那已經是十多年後的反思。也因此，我一直很服氣老大，明明跟我是同年紀的孩子，卻能像個地方長者一樣「撨代誌」（tshiâu-tāi-tsì）＊。後來，發現很多雲林出身的同輩，都懷有這種獨當一面的氣魄。

老大寫書法，是碑派的，尤其大開大闔的魏碑，他寫起來非常對味。

＊**撨代誌**：意指處理、協商事情。

張猛龍碑是北魏名碑，碑派和帖派大概是這樣子分：書法的什麼什麼碑，就是寫好了，拿去刻在石碑上，後人再拿墨包去慢慢拓印下來。所以碑的字體是黑底白字的，因爲字跡陰刻而凹陷，拓不到；帖派則是書家直接寫在紙上、被後人保存下來的，白紙黑字，原汁原味，沒有經過刀刻和拓印的再詮釋。

既然帖是第一手資料，那爲什麼我們不都全用帖來習字呢？因爲紙張很晚才發明，普及速度比較慢，而在那之前，書寫用的竹簡、絲帛會腐朽，所以碑很重要，碑是保存古時字跡的重要載體，所以說，習碑有古風。古風有一部分，指的是在媒材尚未完備時，人力能夠做到的最佳紀錄。

而因爲多了刀刻的工序，碑也會表現出比帖更剛強的筆觸，字跡刻在大石碑上，不會放匣子內珍藏起來，一定是放在外頭，任憑風吹日曬雨打，所以碑必有傷損。石面的破損、裂縫等等，給予了碑拓本滄桑的表情。

臨碑，需要稍微分辨一下這類表情細節，比方說筆觸末端的尖銳處，究竟是裂痕造成的誤差，還是書家在一開始書寫時就有的風格？臨帖比較不會有這種誤差值。如果說臨帖是看第一手直播，那臨碑就是看電影了。臨碑需要拆解兩、三層改造過程的濾鏡，要去理解、追溯寫字的人想說的節奏。碑原來的情緒感受，會被降得比較低，臨碑的人捕捉結構、判讀風格與情感的能力也要很強。臨摹出來的字，則完全要靠自身體會與情思厚度，去彌補那個因爲多重轉譯摹寫底後，產生的裂縫感。

老大寫的張猛龍碑，年輕而遒勁，那時才二十歲，彼時的老成也是年輕人的老成。師大美術系和其他學校的美術系相比，其實是滿無聊的地方，學生不太會搞怪，而搞怪的作品馬上就會被學校清除。有一回老大不知道喝了酒還是幹麼，往系館頂樓地上寫了滿滿的大字，頂樓平常是沒人上去的，他寫好了叫我上去看字，我看了很震撼，原來碑就是要這樣寫。原來，張猛龍碑被刻在石面上，就是這種狂險、氣魄。放在立體的水泥粗糙面上，和放在宣紙上，完全是不一樣的結果。

那也給我上了很重要的一課，雖然我當時並無法完全理解並表現——物質載體、時間與環境，幾乎決定了一個事件、一件作品的全部，而發動這一切的人，當然必須在場，是他在場，而張猛龍碑發生。

老調了，天、地、人。

後來當然被粉刷抹掉了，系館的校工李先生，長年被美術系學生慣性製造的髒亂煩得要死，不知道是不是李先生去粉的？如果是，必定邊粉刷邊大罵吧？

後來想念大學時代一起抽的那幾支菸，寫了詩給老大緬懷一下。詩集寄過去，老大回以抄錄的兩首詩聯，仍然絕美，但是老大的字已經與年輕時不相同了，強勁依舊，多了婉轉的空間。畢竟娶妻、生子、工作，都將少年們磨去了一些黑髮，也磨掉了太過青澀的腰圍。圓潤是應該的，中年仍然那樣刺刺嗆嗆，味道就不對了。

我畢業個展的字也是請老大寫的，很美。十七年匆匆過，又得老大墨寶，記之。

盛上

去美術館看陳進的畫〈野邊〉，專心看她畫的翡翠雞心墜子。雞心墜子微微地浮凸出畫面，像是一枚真的寶石，陳進用的是盛上堆高技法。日文漢字「盛上」，指的是使用胡粉、方解石粉或是浮石粉末，調和膠水成漿，在畫面上堆出一定的高度差，藉此營造立體感；歐洲的祭壇宗教畫，也會使用碳酸鈣或石膏，來製作出華美的浮雕效果。繪畫藝術其實從來就不是純然平面的，平面只是一個概括的字詞，一種從未能精確的朦朧印象。

我第一次的盛上技法習作，是畫吉野櫻。小小的櫻花瓣，須從輪廓外圍開始堆疊，筆尖蘸飽調好的盛上胡粉，然後半滴落似地，將胡粉「擱置」在輪廓線內，等待一層乾透，再疊加一層；並且從第二層開始，逐漸縮小堆疊的範圍；彷彿國中地理課造出的高山模型，依著等高線一層一層緩升，最後收尾在頂峰，一片圓潤立體的櫻花瓣於焉完成。

一瓣櫻花，少說工序要堆疊五到七次不等，最後形成的弧度才能令人滿意，每一層的差異也不能太大，等高線若是差距太大，就會長成畸形的梯田花瓣了。一朵吉野櫻生五瓣，五五二十五；而春來一樹櫻花，至少得畫個上百朵吧。

那就是兩千五百回的滴落、兩千五百筆的堆積。

老師叮嚀過，盛上技巧，不可以使用太新鮮的胡粉。當日製作好的新鮮胡粉，尚且擁有膠水強勁的彈性，乾了就會自動收縮，中心形成一個小凹槽，每一次堆高就收緊一次，那凹槽永遠塡不滿，像個小天池。做盛上，要的是圓潤的饅頭山，而不是火山口；不想要那個彈性造成凹槽，解決方式就是把製作好的胡粉擱置一晚，讓它鬆一鬆，很類似麵團攪拌後，靜置鬆筋的步驟，這樣胡粉才會乖乖放鬆攤平在畫面上。或者趕時間，也可以像製作混凝土拌漿一般，往製好的胡粉裡加點料，添入適量的盛上粉末，像往拌好的水泥漿裡加小石子，破除膠與粉質過於緊密工整的鏈結。如此既可增加堆高體積，又免除膠質收縮的困擾，只是表面較無光滑感，那也無妨，最後一層再敷以純胡粉，就光滑又漂亮了。

水泥一次灌太多太快了，會產生裂痕。盛上胡粉也是如此，一日一層，不貪快；貪快了，基礎不穩定，胡粉就直接整坨掉下來。所以依照固定的乾燥時間，耐心地一層層疊加，讓一樹櫻花如嶼群自海中緩緩升起，直到廣袤的春季凝結，定格。

胡粉顏料，來自於曝曬精製過的牡蠣殼，盛上粉則是細研的浮石粉，兩者都是價格低廉的材料，但若是在堆高的表面敷貼上金銀箔，有了金屬光澤，浮雕的光影就貴氣了。不知情者，還以爲畫中的物件是眞金純銀堆成的呢。

陳進筆下的仕女出身上流階層，俱佩戴質感高雅的貴重首飾，欣賞原作時，我總是細看那堆疊的痕跡，想著畫家描繪這串金鍊子、那對翠玉耳勾時，到底堆疊了幾層呢？想她在一落落模糊的夏秋光影中，耐心地一筆接一筆，替畫作堆砌起明確的形狀；也想像畫家在小爐上融膠、煮膠的騷熱氣息；當膠水和胡粉以研杵捶打混合時，牡蠣殼與動物皮骨相融相濡，化爲灰白色的泥漿，空氣中漾起令人不悅的腥味。

很多很多次，很久之前，人們就是這樣緩慢堆起美麗的現實世界吧，有人握著鍬鑵、有人拿著針梭，有人持筆。過程中會有許多次的誤差，或許也曾有灰塵油汙沾染了畫面，亦有被打亂而必須修復的殘局，但是這些努力，在結果論的世界是不被看見的；我站在結果前面，感受到全部的片段向我湧來。

有人說，畫畫就是把立體的三度世界，轉化爲虛擬的二度世界，我說不上這個論點哪邊怪，但是在陳進的畫作前，我突然明白了：繪畫並不是把三度世界硬壓縮了一度的結果；相反的，繪畫是把此刻眼前的空間，以及在這一秒細細裂解後、其中無盡的時間之流動，已發生過的，以及畫家所揣想的未來性，全部都納入。爲此我們必須打碎三度的結構，借用那些不精確的、猶疑的破片緩緩堆高，凝縮爲一整面看似平緩的地貌，這裡、那裡，且一去再去。

箔合

貼箔，一開始的工作需把膠礬底打好。礬底要仔細刷滿，膠要現煮，濃度也要調配適當，才能讓柔若無物的金箔黏得穩穩地。膠沒調好，根基不穩，結局就是整塊整塊地掉。

貼箔是很講究端正的工夫。其實也沒有很難，只是每個步驟都要確實做好就行。門窗先關閉，不要讓風進來攪亂，箔太輕軟，最輕的呼息都能吹皺。先做箔合，純金箔買來是一整疊，用細棉線和防油紙工整包著，箔與箔之間，會用半透明的箔合紙分隔。開始貼箔以前，先準備竹製「馬連」和「椿油」（山茶油），把油輕點在另外準備的書面紙上，用馬連摩擦，使馬連面上附帶著一層極薄的油脂。

竹夾子沾點痱子粉，防止沾黏到箔，然後小心揭起箔合紙，放到乾淨的平台上，用那已經潤了椿油的馬連，均勻摩擦，再將處理過的箔合紙放回箔上，輕壓。些許的油脂、加上摩擦帶來的靜電，就能讓一張金箔乖順附著在箔合紙上了。箔合完成，才能用竹夾子夾起一整塊箔，而不會扯破它。

一張簡單的薄紙，扶持嬌嫩的箔，讓她移動到該去的地方。

箔合很花時間，但也不能偷懶，妄想一次就箔合一百張起來備用。箔合完成的金箔，要當次立即使用，否則隔兩天，箔就會轉向黏在扶持自己的箔合紙上，再也不分開了，箔合紙只能待在箔身邊很短的時間。

這時膠水應當已經煮好、塗敷在要貼箔的範圍，貼箔用膠，比一般的膠水的比例更濃，但也不能爲了怕脫落，刷過多膠水上去。太厚的膠，反而會讓箔黏不牢，甚至收縮龜裂。

總之就是平均地刷上膠水，等待那膠液稍微滲入紙張，將乾而未乾的時機，再來貼箔。此時膠的黏性最強，把箔一放，就能牢牢吸附。然後，用馬連輕輕地按摩箔合紙，確定每一個地方都黏確實了，再小心翼翼將箔合紙揭脫下來，丟棄，就完成一小塊貼箔。

然後對齊了邊緣位置，貼下一張、再下一張。若是貼上百號的大屏風，就要事先計算所需的面積，箔合出正確的數量。一邊貼，還要一邊注意膠水乾涸的速度，貼到一半，膠水乾了，就得再補。過程簡單，卻不可拖宕。等到整張屏風貼完，已經一個上午過去了，貼得腰痠背痛。

日本有專門的貼箔、切金師傅，畫家其實可以將貼箔的工作分包出去，讓貼箔師傅處理完美的切箔和金線，畫家就可以只專注於構圖、上彩揮灑，當然畫家自己也可以貼，不過這樣細緻的職人分工，各展所長，能讓最終作品更趨完善。

我當然請不起專業的貼箔職人來幫忙，倒是年輕談戀愛時，伴侶會幫我給巨幅作品貼箔。他的手很穩定，又有耐心，貼出來的箔很工整，看到畫作就想起青春時兩人熱烈的愛戀，忘記了現實婚姻生活的種種挫敗。夏天貼箔尤其辛苦，不能開冷氣，在那個靜止的空間，只有人和箔在移動而已。畢竟箔異常敏感，紙面上有那麼一點點灰塵、一點點的皺褶，甚至是底色濃淡不勻，箔都會依附、形成表情。

忘了說，在貼箔之前，還有一個前置工作，那就是紙張要先打底色。因爲箔看似不透光、能覆蓋一切，其實卻是通透的。底下預先刷的色彩，將會顯著改變箔的反射結果。比方說，畫布底下刷了朱紅底，貼出來的箔色會呈現玫瑰暖金；而刷紺青時，箔就露出一副冷硬的青金色。同樣是貼了純金箔，每一張畫的色澤感受卻截然不同，那是因爲畫家在底下暗暗做足工夫。外面的人看到的是箔的光采與表象，眞正重要的，其實都是些看不見的東西。

因爲箔是如此要求完美的物事，而我總是貼得處處破綻，工夫不到，令人洩氣，做不到無瑕的整片純金底，我就只好祭出平凡人的招式，改用另一種亂七八糟的方式來處理箔——「揉紙」。也就是把剛剛貼完箔的大紙，用手抓皺，趁著濕潤搓揉一番，本來光滑的箔面，被揉損脫落，就會露出底下眞正的顏色。斑爛的破金、淒涼的爛銀，羼了底色，像是大理石裂縫，浮冰處處。這是濕揉的手法，也不能揉太大力，紙會破。

若是等乾了再揉紙，撲撲簌簌地，貼箔最常感受到奢靡之豔，就在此時了，工作室飄起一場微小的金雪。

最後，等箔乾透、穩固了，噴灑上適量清水，再將皺巴巴的紙張用熨斗仔細燙平。我素來最討厭燙衣服，家中的熨斗是伴侶在管的，所以，熨紙整平的工作，當然也由他來做。

在這片斑斕的好平原之上，不管我寫什麼、畫什麼，都是好的，有意思的。

洗盤

畫畫比寫作累，寫作是鍵盤敲打起來，就有點什麼樣子，畫畫不是。鍵盤敲打幾下，不對了，就按下回復鍵，刪去那五分鐘的時間，如丟掉一個虛擬的免洗情人般簡便。畫畫難處理，五分鐘前你塗抹的顏料毀了、畫壞，但還黏糊糊的未乾，已有了感情，整張丟也不是，勉強蓋上新的顏色，心裡還顧念著舊的，濕潤著糾纏著。

這是手藝人的心。那凝練是在不忍池中央兀立的碑群。

寫作要收要放，多輕盈，按個鍵存檔，電腦一關，就能起來去忙些別的。畫畫不是，畫完了得洗筆、洗盤、收拾顏料，或者再理一理素描稿子，或者多看一眼未完的圖面，想一回下次要進的步驟。也許膠水用完了，要再泡發一批，也許手上剛好最後差少兩張箔，整屏的銀地貼不滿，得補訂貨。

心與身體的互動是緊密的，手指跟隨大腦，大腦閱讀眼睛。眼睛看得很細，眼睛也得看得很粗：遠著看，看大局；近看，看收官。

所以畫畫完總是很累，氣力放盡的累。寫作的累是有餘裕留給其他人吵嘴的，畫畫卻不是，所有手藝人的日子都不是，我們把心都放進作品裡了，你摸得到，你摸不到的是心以外的累。比方說往往累到只洗了筆，畫皿與研缽沒有力氣洗了，就擱在水槽裡，不能泡，泡著隔日會發臭，於是任由待洗槽裡一日日堆砌高大起來了：小丘陵上違建的七彩棚舍，重重疊疊，色盤相互傾倚——虎眼石末、綠松石、紅瑪瑙，礦物色粉包裹在腥羶的膠水中，乾燥後被牢牢封住，膠彩本來就是保存性強的材料，愈是久置，愈難洗。

找個假日來洗盤子。先把缽皿、研杵，全浸入水中，浸半日。等待膠層軟化剝離，然後拿小菜瓜布慢慢刷將起來。岩礦色粉都是好刷洗的，碎軟了，整片揭下來。麻煩的是水干顏料——那是極細膩的蚌粉染色製成，研磨膠結後，堅實、團塊、頑固。尤其紺青和朱色，這兩者最易滲染，碰過的缽杵，幾乎是全部淪落，再不復潔白了，只能專色專用。洗得心煩，安慰自己：橫豎這有點意思在裡頭的，紺青與朱，是海洋與火焰的顏色，海洋與火焰，沾了身，就留下印記。

畫盤用瓷皿，不用梅花盤，我不喜梅花盤，小氣。年輕時爲了省錢，看到有什麼瓷盤子在特價，就買什麼來用，十多年累積下來，大大小小、格子花式多雜，洗起來囉唆。我囉唆的勁兒，都用在跟這些盤子攪和。洗下的顏料也囉唆，先用濾網細撈起來，再丟棄，若是直接沖掉，沒兩下，水管就要被這些破敗的斑斕的碎片給全數堵塞了。

嘩啦嘩啦地沖洗，腰痠，肩頸也痠，洗完的盤子一一擦乾疊起，等一下馬上又要用——總是非得用到最後一盤一皿，沒得空盤用了，才甘願洗它們。畫畫的人，各有各自的癖。有人的畫具間是整潔模範，筆墨如新，我不是。我向來對生活秩序掌握無能、混亂，能有今天的一小點工整，都是用著一次次破皮，或者見骨的傷，換來經驗。

也幸好有洗盤的訓練，心是愈洗愈強壯，在每一個久浸起皺的當下，我都從疲憊的泥砂裡，彎腰俯首，濕及胸際，又淘洗出一小粒金塵。

Lost Edge

我喜歡素描，素描使我思考。

年少時學習素描，老師說過：素描是畫家一生都要完成的事。只要你是畫家，你就會一直不間斷地畫素描，畫到死爲止。

說到素描，多數人以爲就是鉛筆畫。不過事實上沒有人規定素描非得要用鉛筆或炭棒來描繪不可，原子筆、簽字筆、粉筆也能畫素描。素描畫並不是鉛筆畫，正如電影《金牌特務》（*Kingsman*）的知名台詞：「牛津鞋不是雕花鞋。」而素描的領域是如此之廣袤，至今也沒有任何一個漂亮的定義能夠囊括它。學生問我：什麼是素描？我雖然也很想神祕兮兮地宣稱：所謂素描，人生之大哉問也。但這樣做其實太惹人嫌了，我只能盡可能明確闡述：素描是你在進行一切圖像創作前的準備工作，無論試圖進行的是寫實的物體描繪，或是抽象的畫面，都可以通過素描，去釐清你想描述的對象。

這樣一大串回答，其實沒有比較討人喜歡，或許我還是應該對學生神祕兮兮地說：素描是一生的功課，答案你自己去尋吧。

素描的工作，重點是闡釋結構——如何以最簡易的形式，來詮釋一種物象結構？比方說畫一個蘋果，描述將會包含著：上寬下窄的圓桶狀物體、微微傾斜的中心軸線、子房膨大時留下的渾然起伏，以及果蒂處深深下陷的黑洞。這些，你要如何運用最有限的筆觸、色調，向預設的觀衆來描述眼前經驗——這個蘋果到底長成什麼樣子？

用最簡單的話來說複雜的事。所以素描訓練，往往使用最簡單的鉛筆，以及從最純淨的白色石膏開始。

白色幾何形石膏體，屏除色彩的干擾，只留下單純的明暗面，對初學者來說會比較容易理解。其中又以球型石膏最爲重要，老師向學生講解球型石膏時，必定會談到幾個專有名詞：明面、中間調、暗面、陰影，以及反光。

「明面」，就是受光面。受光面並不是一整塊白色——已知的世界，從來就不存在純粹的「白色」。受光面指的是光線直接照射的區域，而光能夠抵達、反射的強度，會隨著圓球狀結構變化，慢慢遞減、削弱。

然後進入「中間調」。中間調有些人會訛誤爲「灰調」，但中間調其實不只有灰色。「灰」這個字，已經預先侷限了素描是黑與白的構成——素描要顯現的世界遠遠不只如此，所以老師總強調那是「中間調」，在受光面與暗影的中間，有無數個過渡的小節，需要畫家細膩地去銜接。球型的中間調子，僅僅是平滑的漸進而已，但如果進展到靜物、頭像、風景素描，那中間調將會形成無窮無盡的轉角，使畫家遁入光點與切面的欺瞞把戲，畫到目眩神迷。

然後，轉入光線無法直接抵達之區域，就是「暗面」了。暗面也非一整塊的純黑色，暗面裡，尚有來自桌巾、牆壁、鄰近的各式物事反光。如果說，明面和中間調是屬於意識面的白天風景，冰山之上的嶙峋；那麼畫暗面時，就可以想成那是潛意識界的冰山深處，是後場。水面之下，暗面其實是一整片豐富活潑的幽深夢境，其中的光線，將會是隱晦而危險的螢光。

至於「陰影」——陰影是光線在受阻與反射之後的回聲，光路徑的缺損，於牆面、桌面、任何區域，重新模仿了這枚石膏球體的存在。因爲這模仿起因於光，隨著光源方向改變，陰影就能任意變化自己的形貌，甚至在陰影之中，也能夠窺見一些「反光」的點綴——光碰觸到其他物事的折返，會造成陰影區微妙的愉悅表情。

其實畫素描，就是用色粉筆觸的細密排列，去描繪這樣、那樣以及那樣的物件如何存在，把每一個結構講解清楚。小時候畫素描最痛苦之處，往往就是我眼睛看到的、認識到的眞實物象，和我手上最終呈現的畫面，根本是兩碼子事；而要到很多很多年以後，我才能終於彌合這兩者。

素描術語裡，尙有一個專有名詞，那是老師們在中文裡幾乎無法翻譯的單字：「Lost Edge」。有的老師會說：「這個區塊要放掉。」有的老師會說：「這邊要跟背景相融。」有的老師會說：「這個區域要模糊處理，讓物體與空間的關係更爲嵌合……」總之，後來我們只能用「那個」來描述這一塊 Lost Edge，我直譯爲「消失的邊界」。

Lost Edge到底是什麼呢？當受光面過渡到中間調或暗面時，物件本體與它的背景，會出現一小段無分別的空缺。那個區段的色調，剛剛好就跟背景完全一致——肉眼在Lost Edge，無法辨認出所謂的邊界——何處是球體？何處是牆面？何處是陰影？誰是實體而誰是背景？

畫家試圖描繪的、存在這個世界上的萬事萬物，都擁有那個「消失的邊界」。而能否掌握消失的邊界，就是畫家能力的關鍵處。若是無法確實處理好Lost Edge，無論畫了再多完美的細節，整幅畫都會死亡，淪爲各種無效的堆砌。Lost Edge提供畫作一種不可思議的眞實魔力，從光與影的漸變，通過消失的邊界，筆下的世界方懵然成形。

學到後來，我發現素描的心得，可以應用在任何領域的創作之中：如何使用最有限的資源，去貼合、重新描述我看見的世界，並盡量誠實轉譯出來。素描的追求可能是眞理的追求——而你與我的、他的、任何一人的眞理，往往大相逕庭，即便我們都對著同一枚石膏球，在同樣的時間、幾乎相仿的位置裡畫素描，不同的畫家卻解讀出截然不同的視角，編織出了截然不同的故事。

再往前一步：我和眼前我想要描繪的對象，那也是一種相對的角度而已。我的空間感，與他者的空間感截然不同的：這裡是左邊而那裡是右邊，我是球體而它是桌面；或者反過來，我是桌面而它是球體。在這一剎那，在這個宇宙空間之內，石膏球與桌面確實相遇，並在我的眼球上投影成形了。然而，我愈是用力描繪球體與桌面的存在，只會讓這兩者愈畫愈分離，而掌握中間關鍵的Lost Edge，談的就是這個物理的相會點之不可描繪。

正確的方法是不要用力描繪，只能放手讓它消逝。

浪漫來想，我對素描的定義，是這樣吧：在迷惘中，不斷過渡、不斷重新確認的旅程，消除自身的定見，試圖展現互映的光影。然後，如果有幸，在無所不在的Lost Edge之中，我會與你相遇。

雲手

病時，我會練拳，爲了讓氣血通暢，催促身體快快好起來，我只練雲手。將掌心虎口撐圓，沉肩，墜肘，收腹，臀也卷沉，以腰胯爲軸心，帶動手肘畫出半圓，左雲手，右雲手，打上百趟雲手，流一身虛汗，全身濕潤，倒眞像是在雲裡走過一趟了。

太極拳老師教我們練拳，提醒學生要沉肩、墜肘，肩膀的力量記得放鬆，不要使用四肢的肌肉力去硬打，而應用核心肌群來帶動。伴侶也練拳練得深，他說眞正的力量並不是來自於肌肉發力，而是來自「勁」，有點像借力，練拳的人將身體調整成一個具彈性、無阻礙的通道，力量來自腳底和地面的反作用，由下而上，貫通而又收回，如一個無形的圓。但初學者往往固著於手勢，一旦著眼於手和肩膀，身體就僵硬掉了，誤用大腦在指揮手掌畫圓圈圈，卻不是用身體在思想、在畫圓，那動作就失去了帶動整體的渾然。

打拳是立體的，勁來自空間，肌肉力只是單線。致力於畫準一條線，那線必然鎖死，整體協調也就不對了。所以調整姿勢，再重來，半蹲，沉下去。

我喜歡雲手，一部分是因爲人懶惰，記不得太極拳一百零八式，永遠顚顚倒倒地打錯套路。只有雲手可以一直畫圈圈，好玩。另外就是雲手在實戰上相當好用，擋、推、借力、卸力，能在畫圈圈之中找到應用的方法。要向前進，能轉爲肘攻；向後退，能推盪開兵器，製造時間差，搶得先手。「抱圓」是老師常用的比喻，打雙雲手，要像是懷裡抱著一個隱形的瑜伽球，不能讓球掉下來，用腰帶動，用胸懷輕輕含著球，左右滾動，像是抱著一個小宇宙。後來看趙薇演《少林足球》，用太極拳的功夫來整麵做餅，一醒悟便大笑不止，那個撥、按、提、帶的動作一氣呵成，正適合揉麵，絕矣。而太極的圓韌，在實戰上也確實抱著一個小宇宙，要攻入那個宇宙，很容易就卸了勢，讓勁帶著走，失去應有的方向性。

但我想我最喜歡的，是雲手其實呼應了繪畫的方向性。

立體的動，需要支點和力矩。練拳時虎口是支點，肘是支點，腰是轉軸，最後，雙腳是變動的支點；整體而言，雲手是工程上的曲軸概念，通過不同的點，造成波浪般的動態。而雙雲手則是兩個變動中的曲軸，能相衍護生，建設流動的迷宮。畫畫也是如此，畫素描的動作就是曲軸概念：筆尖做爲支點，手腕也是支點，肘也是支點，肩與腰則是不時切換的轉軸。點進行有方向性推移，就形成線；線切分並拉扯擴張，形成面；面成立之後，依照方向的相依與相悖嵌合，或者錯開，就可以打造立體空間，讓觀者走入你的迷宮。

而練拳也和練素描一樣充滿趣味且孤寂的，畫素描畫得特別多的日子，我會暫時忘記怎麼寫作，文字本來並不屬於三度的頻道，文字屬於聲音，屬於記憶，但空間自有自己的聲音和欲求的方式。畫著素描，有點像是走進了一個隱世通道，走著、走著，會不知寒暑。二十來歲時很喜歡石晉華的行爲藝術《走鉛筆的人》：藝術家在臂上綁著鉛筆和削鉛筆機，沿著雪白的木板壁面一直走，鉛筆一直一直消磨，無數細細的鉛筆線，不斷記錄走路、懺頌、搖晃與折返，直到雪白壁面完全成爲一整個碳黑量體爲止。那件作品牽動著我對藝術創作的初心，不對，那已諭示我未來二十年要探訪的路徑。

在中年秋涼的時刻裡，我回想起這件作品，突然間發現，自己也已在林蔭深處走了很多很多年了，日光溫煦，苔很深，鳥兒也已經不躲我了。我抱著一個圓，在光點和風流裡面繼續走呀，慢慢走。

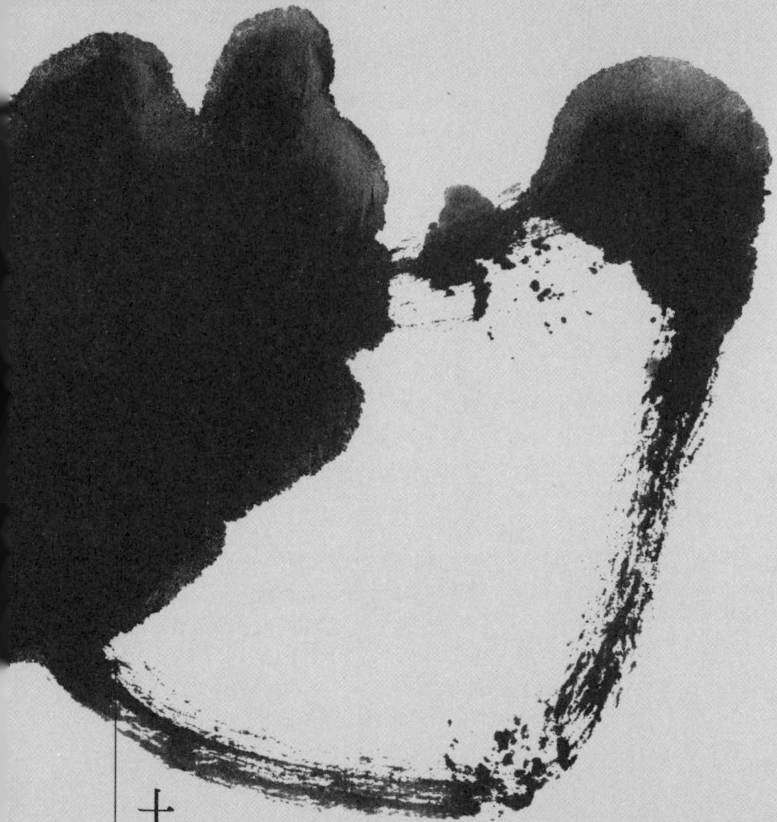

土，火焰與灰燼

沖一碗茶

編輯友人寄來了掛號的合約，拆開信封時，除了合約，還掉出幾包繽紛的阿里山茶、紅茶包。大約是關心我近期精神不佳，寫作進度拖宕，不能親自泡杯茶款待我，請我自己沖一杯的意思，很可愛。

讀完合約，簽了名，決定就來泡茶。其實我已經好幾年沒有爲自己泡一壺茶，上班日，我都煮黑咖啡喝，主要是因爲工作太忙，心緒焦躁，而泡茶需要雅興，所以喝咖啡不喝茶。

泡茶，用茶壺要雅興，等水滾也要雅興。煮水其實是有眉角的，我以前煮水，被伴侶嫌棄，說煮太久了，我說不是要等水滾嘛？說是滾沸，其實是在將沸未沸之間，宋代煮茶的用語稱之「蟹眼」，要看到水壺底下，慢慢浮出類似螃蟹眼睛的細小氣泡，但又還沒有完全升上來，此時溫度大概是九十度左右，這時水質嫩，溫度又已經夠熱了，拿來沖茶很合適。若是煮到水大滾、波濤翻騰時，水質就老了，沖出來的茶亦不夠鮮潤。

泡茶重視溫度的搭配，不是每一種茶都用一樣的溫度去沖泡。重焙火、重發酵的茶，就需要比較高的水溫去煎燜，而愈是輕發酵的茶葉，像是綠茶、金萱，就愈需要溫柔的水溫。所以泡茶其實是需要細心去覺察一切的，所謂雅興，也就是能夠對於自己手上的事、對眼前的人，都能細心相待吧。

小時候看父親在辦公室泡茶，眞是好看。客人們圍著茶桌坐下，早期台灣的泡茶桌，通常是檜木樹瘤切成的隨形原木大桌，邊緣彎彎曲曲，很難坐，所以每個人的位子也會有點彎彎曲曲的。然後主人開始用架上的小瓦斯爐燒水。水滾了，先洗杯——把滾水過進茶壺，擺出茶海，和一整列客人用的品茶杯；再持壺俐落地倒出滾水，一一沖洗。洗杯的動作除了洗去灰塵之外，也有一點是順便用滾沸的水殺菌的意思，確保杯壺清潔。另一方面，潮州工夫茶，洗杯點頭，是表達對客人的敬意。

接著用竹製的「茶則」，從罐子裡掏出一杓茶葉，簌簌傾入茶壺，滾燙的壺底與茶葉一接觸，就蒸出香氣來。父親將滾水注滿茶壺，蓋上蓋子，他總是把水注到表面張力最飽滿的程度，蓋子一落，水就溢出，在壺身表面迅速被蒸乾。

第一泡茶是不喝的，怕有農藥殘留，所以第一泡水只用來洗茶葉表面的灰塵，讓捻實的茶葉小球稍微鬆開，不必久浸，搖一搖壺，就可以迅速把茶水倒出來溫杯，一杯倒過一杯，餘茶再全部倒回茶海。如此洗過一輪，讓茶葉有點軟化。然而現在的茶葉已經鮮少有農藥殘留的問題，所以很多年輕的茶師會將第一泡的茶水保留給客人喝，稱之「溫潤泡」。

然後揭開壺蓋，注入第二次飽滿的熱水，蓋上蓋子之後，把留在茶海裡的第一泡茶，全部淋洗在茶壺上，保溫燜蒸，順便用茶水的油脂養壺。等到茶壺表面的水分都蒸乾，第二泡茶就可以倒出來了。經過第一道手續的燜、醞釀，茶葉的風味在第二次完全釋放，茶湯顏色明亮，香氣最濃，喉韻表現也最甘甜。

這才一杯一杯地遞給客人。本來談天說地的衆人，這時候都會突然安靜下來，啜茶，享受美好的香氣時刻。

然後再煮水，進入第三泡和第四泡茶。通常茶葉經過四次回沖，香氣已經薄了，喉韻也不再厚實。所以四泡之後，父親會用「茶夾」掏出已經發開的茶葉，丟到旁邊的大缽裡，然後重新煮水、洗杯、泡茶，如此數巡。席間談話不斷，坐在一邊的我，則著迷於父親的每個細節動作：該如何以拇指捺住壺蓋不被燙傷、如何傾出精巧細長的水柱？如何衡量每一只小杯的茶量，要按照什麼順序把茶遞給客人？客人如果一飲而盡，要如何自然地順勢將杯子再次斟滿上茶？裡面有很多人情，是我看不懂的。

父親判斷浸泡茶的時間點，最讓我困惑——浸泡時間不夠，茶的香氣來不及釋放；浸泡過久，則茶味濃滯苦澀。茶水在滾燙的壺裡燜著，外頭又看不見，也聞不到，老一輩並不流行以計時器來精確計時，那怎麼知道何時茶該倒出來？

囡仔人有耳無喙，不懂問，爲此我盯著每一個動作變化，自己細細推敲：熱水倒入茶壺時，表面張力會讓水滿到壺嘴，壺蓋落下，壺嘴的水仍是滿的。但等一會兒，壺嘴的表面張力會突然頹然消退，茶壺表面的水氣也已經被蒸乾了，這往往就是倒茶的時機——水後退，茶即成。

茶壺會愈用愈美麗，因爲茶葉含有微量的茶油、茶脂，每一次泡茶，都像是給茶壺洗精油浴，紫砂茶壺是不上釉的，脂質、蠟質藉著熱氣深入壺身毛孔，潤澤了原本乾澀的表面，經手指與茶巾擦拭，壺就愈來愈油亮精神。也就是說：看一只壺，就知道主人茶泡得有多勤，莫看茶壺形容岸然，骨子裡竟是這樣一個親切又亟欲人關懷的嬌蠻傢伙。

父親也收集過茶壺，小的時候，他會帶我去藝品拍賣場逛逛，喊幾只便宜的壺。但是父親其實對於茶壺的製作者、用泥的好壞都並不講究，畢竟是一個普通家庭的普通父親，他的全副心力都放在工作養家，也沒有那個閒情去講究收藏。而我擁有的第一只壺，則是伴侶買給我的禮物：朱泥大紅袍，壺柄是一枝含苞的梅枝，非常嫻雅華麗。結果拿到沒過多久，就被我碰壞了壺蓋。加上我生性多忘，茶葉有時泡完了，一忙忘了拿出來洗，那些茶葉燜在壺裡發霉，一星期過後菌絲濃密勃發，簡直在養什麼不得了的東西。伴侶只好幫我將整只壺煮沸消毒，滾煮過的壺光澤盡失，得從頭養過。匠人用心做出的茶壺，卻被我亂整一通。所以我對壺也就不再講究了，太過粗心，講究不了也。

後來開始偷懶，學宋人用碗喝茶。宋人用茶碗喝茶，卻不是用茶壺，以壺泡茶是明清以後的風氣。宋代尚無揉捻成球的散茶，飲茶時，要將茶磚茶葉磨成細粉，再用「茶筅」攪打均勻，所以當然需要大口徑的茶碗。我的懶人沖茶法則是直接把乾茶葉丟進碗，熱水沖下去，得一大碗茶。看著茶葉在碗中盡情舒展，也不再分什麼二泡三泡，喝完了再加熱水，直到茶無味為止。然後，爽快地往垃圾桶一扣，倒掉，不必在那邊掏茶葉掏半天，這才是適合現代人忙碌工作的喝法。

事實上，我的祖父也是這樣喝茶的，他總是用軍中慣用的不鏽鋼口杯，將一把茶葉丟進去，沖熱水加蓋子，一大杯濃茶，可以喝一整天。什麼茶味苦澀啦、浸泡過頭啦，祖父根本不在意。那是無可講究的難民時代，剛剛來台時，連房屋也沒有，難民們用棧板和帆布搭建臨時的住所，颱風一來就夷為平地。

祖父隨軍隊逃難來台，祖母則因爲生活過於勞碌，早早就過世。身爲單親家庭的照顧者，祖父在上班之前，還要先騎單車去送報紙，盡可能地多打幾份工，才養得起孩子。所以對祖父來說，有茶喝就已經是很幸福的事了。父親有一回談起，小時候他不願吃苦瓜，抗議：「這瓜太苦了！」祖父直接喝罵：「苦什麼！沒有你的命苦！吃！」

這樣子的家族故事，讓年幼的我難受大哭起來。

生活的細緻享受，與經濟上的優渥程度，是一體的。所謂教養、眼界、品味，在在都是階級的表徵，都需要錢和空間才能培養。我能品茶、懂一點茶，是父執輩給我打下來的基礎，讓成長時的我能夠生活無虞，進而懂得美。

又待得自己的孩子出世，會爬、會走後，家中易碎的茶碗茶壺，都要全部收起來，只怕被這些可怕的半獸人拿去敲著玩，但不知是否基因遺傳，兩個孩子都極愛茶。有時被她們逮到茶具沒收好，兩孩就拿起壺來比畫、假裝正在倒茶、請爸爸媽媽喝茶（至今已打破了不知幾個杯子，敲破一只壺蓋）。看孩子高舉著胖嘟嘟的小臂膀，一本正經地餵我空氣茶喝，育兒滿懷焦躁煩悶的情緒，自然輕輕放下。大人泡茶時，大女兒會纏著也要喝，我是不准小孩子喝茶的，但是有時伴侶會破例讓她舔一口杯底的殘茶，她就高興，說：「好香，好好喝。」

我想不起來我的父親，是在我多大時給我喝茶的，想來應該是小學吧，那時候也覺得茶好香好好喝噢。

一回神，編輯贈我的阿里山茶已泡開，甜香蒸騰。我雙手捧起碗來，細細啜飲，整個世界都因爲一碗茶而明亮。啊，太過忙碌的我，一不小心，就忘記泡茶的感覺了，忘記人其實是可以花費一個日光和緩的下午，享受喜悅的。成年人的世界有很多無可奈何，有很多在匆忙間放棄的物事，終究是我丟失了從容。對於細節，對於人，不知不覺都磨損了愛戀的心情。於是稍稍體會到編輯朋友沒說出口的用心——稿子要寫，生活要過，但是，當驚覺自己對誰都無法再溫柔相待時，就沖一碗茶吧。在溫軟的茶香中，慢慢恢復心的柔和，像豢養一窩乾枯的苔，而苔蘚總是善等待的。

茶戲

失眠的夜晚我喜歡泡一碗薄薄的茶，不是一壺。

爲什麼偏偏是茶碗，卻不用紫砂壺，也不用蓋碗？茶壺是分享給好朋友同飲時用的，對我來說，壺與杯，有社交的光采，亦有社交的彎折。茶碗卻是一人的，除非極親密之人，否則不可以共享一碗茶。

雖然用日式茶碗喝茶，但一個人時，我也不刷抹茶，刷抹茶要用上的「家私」(ke-si)太多了，又要過篩茶粉，又用茶筅刷出泡沫，不適合深夜的節奏。深夜喝茶，最好就只是一把茶葉丟進茶碗，凍頂烏龍、紅玉都可以，然後將燒滾的熱水沖下去，待氤氳慢慢升起、茶葉回魂，在等待的時候什麼也不做，讓空白流過去，看戲。

沖一碗茶是好看好聞的，水氣、塵埃和油脂交擊，在茶湯面上畫出不斷湧動的雲紋，聚齊又散開，底下是幽幽醒轉的葉梗。原本茶葉已被機器揉搓乾縮成團、成索狀，借著滾水之力，又恢復到原本在枝頭的鮮活模樣。茶碗面大，散熱快，待煙氣散去即可啜飲，一邊飲用，一邊讓湯底下的茶葉慢慢浮露上來。很像年輕時在淡水河口閒閒看的風景：出海口的潮水退了，河灘上蟄藏的殘枝破瓶、小蟹小魚也就徐徐明朗而活動了。這是第一泡茶，香氣淡而清晰。

飲畢，又加熱水，茶葉更加鬆動，開始釋出香甜的喉韻，湯色也轉為深琥珀色，第二泡茶就是正角兒了，戲濃，所有的表現，花香啦，蜜香啦，木質香，幾乎都於此時出場。關閉其他不相干的思緒，埋頭喝茶，讓香與熱灌入身體。

第三泡茶就又轉淡的，像戲院大爆滿之後，觀眾漸漸起身離席了，一邊談談戲外的、戲內的念想，腳步還有些浮動恍惚，在故事的邊陲，一步步出鏡。第三泡茶屬於有空隙的茶，那個空隙恐怕是太美麗了，對我來說，最好的戲，往往來自第三泡茶。

第四泡茶幾乎是無味，只餘些顏色，但也很好，茶葉也全部都展開又疲憊了，茶湯只賸甜水。約莫就是散場以後清潔工掃地，唰、唰的聲音，椅背一一扳直。泡茶已近尾聲，這時窗外的夜仍濃黑，而鳥雀已經醒過來了，在稠密的夜幕中紛紛擾擾嗚起來，眞羨慕牠們一醒來就能快活地大吵大嚷。

把茶葉直接扣進水槽，再盛一碗熱水來飲。

此時茶味已經散佚殆盡，我欣賞的是茶碗在清水中展現的美豔。有那天目碗如藍綠寶石般的熠熠，也有志野碗近於歡愛過的身體，發出柔和的體熱，就算是最最普通的白釉，在清水的折射光線之下，都能見氣孔匯聚、釉彩結晶細緻的閃爍，很像新鋪的柏油路裡混了玻璃片，在水銀燈下一閃一閃地。如今窗外已是稀薄的晨光了，晨光總措手不及地來，要說展望是沒有，要說夜路又已逝去。這時候雙手捧握的茶碗，能給一些物質上的重量與溫暖。我想匠人終其一生能做出的，也就是這樣子的茶碗。

一萬只茶碗

做陶，我偏愛做茶碗。

特別喜歡日本茶碗的大度，雍容。形制隨不同陶藝家變化：有的茶碗高大、形貌剛猛，一看就知道是給男人用的碗；也有那柔和小巧、釉彩華麗的女人碗，以精緻的金線描繪。

茶碗有筒型，也有笠型碗。日本茶碗多是偏圓筒狀的碗，用轆轤成型的、手捏的，都擁有不同趣味。因爲是要握在手中使用的碗，好的茶碗會帶有自然的韻律，那韻律並非視覺或音樂的，卻屬於觸覺，像是一隻幼獸，捧在雙掌中，你會誤以爲此物有著輕輕的呼息。

因爲太喜歡，想要做出日本茶碗的感覺，我還特地購入日本的黏土。

陶藝家和畫家一樣，不同生命時期創造的作品，會展現出不同的風格。但是做陶藝的人，與畫畫的人又有一點點不一樣，畫家是有意識地去改變自己的繪畫風格，但是陶藝家則會面臨一些不可控制的因素，比方說土，比方說火。

先說土。因爲製陶取得的每一批土，內含物都會有些許不同，就算是從同一條溪流、同一個山谷中取得的黏土，也會隨著氣候、生物植被等等變動因素，而產生細微的差異。土中的微生物群落也會不太一樣，就算買了最穩定的工廠練出的黏土，也不是買來就能用，還需要養土。土是活物，那些蘊藏其中肉眼不可見的微生物，會讓土變得好用。

所以說，土和所有地上生長的農作物一樣，具有不可複製的時間感。一期一會，失了那個時間點，或者源頭改變了什麼，土都知道得一淸二楚。

日本土看似厚重，上手卻輕盈，我很喜歡那粗礪與輕盈的對比，我購買的是日本進口的白古信樂荒目土*，混合了長石、花崗岩和其他礦物顆

* **荒目**：日文的目，指的是顆粒粗細的號數。荒目爲顆粒較大的號數，次之有中目、細目等。

粒，土中還可見少許稻糠草渣，燒出來的坏體帶著顆粒感，長石燒熔了像是小水晶嵌在碗壁上。日本茶碗頗爲強調土壤自然的質地，總覺得那個強調，其實就是擲地有聲、被特別切割下來的死亡——手握一塊土壤的紮實感，知道這一切都將歸於大地、歸於塵，安詳地歸向虛空。藝術品從表面上來看，似乎是展現不同藝術家的性格，不同的土、釉、造型，看起來像是開拓演繹截然不同的生命面向，其實內涵都是在表現生與死。

又比方說，當我在使用白瓷土時，會驚異於瓷土之脆，著迷於瓷土的易裂與嬌氣，修坏時就得更小心翼翼——要麼完美，要麼報廢。緊繃與脆裂是一體兩面，讓瓷器自然擁有一種耽於鋼索的驚心之美。

用瓷土創作時，我偏愛上通透的釉，瓷土質地細滑，抓不太住釉料，掛釉的位置要稍微高一點，讓釉彩有空間可以恣意向下流淌。後來發現，日本很多陶藝家用瓷土創作，也偏好使用具有透明感的釉，大概是大家都同意女高音需通透如水晶、夏日冷麵要配黃萊姆的道理。土看起來是任憑藝術家的手操縱揉捏的工具，其實呢，是土在揉捏藝術家最終的風格。這一批用的是何種黏土，藝術家的色彩語言就隨之改變，雖然表面看起來是藝術家在選土，認眞想起來，還眞說不清是誰選誰。

另一個難控因素，是火。

一般電窯的燒製法比較穩定，但是釉色的變化度也比較低。而以瓦斯控火的燒窯，變化度就高得多，燒到了正確溫度，釉色表現就自然漂亮，但是溫度過猶不及，有時差異只在十度左右。過了頭，表現就不一樣了，缺陷也跑出來了。所以明明是同一批土、同樣配方的釉，有時因爲天候太冷、太濕，或是瓦斯今天燃燒硬是不夠力，溫度上升速度改變，持溫區段也不同，作品也就長得不同了。

技術門檻更高的燒窯法，像是傳統的柴窯，用柴火和土磚窯去燒製，就會需要極大的經驗。燒柴令人興奮，那眞是近於賭博一樣的創作。如何知道這一次火會怎樣竄流？前段與後段的溫度會怎樣跑？你只能依照經驗預想、抓緊你能設定的因素，剩下的交給火與時間去玩。

所以陶藝家每批作品都是獨一無二的，同一批形狀釉色的碗，燒完了就無法複製，硬要複製也不是不行，可是再複製作品沒有意義，複製就失去了那個一期一會的灑脫。這批作品出窯的數量多一點，就算失手打碎了，也還有些同期的兄弟姊妹被留在世間。但若是一批作品本來就出窯少，那就珍貴，因爲碎了就沒有了。

茶碗是會碎會消失的物件，這正是其魅力所在。我喜歡茶碗的內蘊，一碗之內，或者火焰留下足跡，或者落灰凝成翠玉一般的結晶，但那些美麗都是會消逝的。我喜歡動手做它們，摸摸它們，讓茶碗成型，聽它們出窯冷卻時發出叮叮噹噹的聲音。

世界上有些人，一輩子都寧願留在想像之中，追求幻象中的美，害怕想像中的美一旦落了實，就不再美麗。與其說耽美，不如說他們耽於永恆，幻想自己可以永遠活著。而伸手去做、創造破口和美的人，則已對無常一體了。知道無常是眞實的，感動會耗盡，是以不溺於永恆之幻象，得大自由。

做碗於我，就是在一次次的無常中，證見自由。

據說要精通一項技藝專業，要用上一萬小時不斷練習，才可以成功，稱爲「一萬小時定律」。論做茶碗的用功與天分，我是絕對比不上專業的陶藝家，他們日日浸淫，一日能製作上百只陶碗，那些碗在他們的窯火中如同母魚生小魚般稀哩呼嚕地蹦出來。我奔忙於現實生活，一星期若能摸個一兩回土，就要偷笑了。爲此，給自己設了個浪漫的目標：專心做最愛的茶碗吧。這一生，目標是燒出一萬只茶碗。若是七天才能做一回，算起來，一次燒十只茶碗，一年五十二週，燒一萬只茶碗的目標，可以做個二十年，一路做到六十歲，尙在平均壽命之前，很夠了。若是一個不小心，沒能活到六十歲，那麼，我就是死在做一萬只茶碗的路上。

溫錐

燒陶時，爲了確認溫度變化，會在窯裡面放一種測溫錐。

燒瓦斯窯，通常升溫到一千兩百度以上，處在窯內的極高溫環境，陶土會熔化變形。測溫用的土製「溫錐」，長得有點像是比薩斜塔版本的方尖碑，而不同號碼的溫錐，裡面的配方土對溫度的反應也不同。溫錐會依照設定好的比例，在抵達正確溫度時，燒出不一樣的癱軟角度。

我非常喜歡溫錐燒熔的樣子，喜歡它們在溫度攀升時，慢慢倒下的表情。

明明現在的窯都有溫度計，爲什麼不看溫度計就好呢？但事實上看溫度計是無法精確估量的，電子產品在高溫下會有誤差，只能做爲參考。更重要的是，窯是活物，因為窯用火焰加熱，高溫空氣在空間之中輻射、擾動，帶來的溫差，使得同一個窯之內，會擁有不同的熱區域。所以要在窯的不同位置，放置數組溫錐，從小孔觀察溫錐的變化，這樣才能準確知道窯的上層、中層與下層，現在各自升溫到何種程度了。

我去工作室的瓦斯窯，學氧化還原燒，升溫要燒一整天。陶藝老師帶我們在過程中察看溫錐的形狀：升溫到了一千度，喔，五號溫錐彎腰了；一千一百度，喔，六號溫錐彎腰了；一千兩百度，喔，九號溫錐開始點頭瞌睡了。

學員們輪流從小孔窺看溫錐的變化，感覺好像從外太空偷看三名被留在毀滅星球上的遺民。我們定期回頭，造訪那必須謹慎遠離的地域，戴上濾光護目鏡，在跳躍的強烈噴焰中，送出微小的探問：「嘿，你們那邊現在怎麼樣了？高原已經遭逢洪水蹂躪了嗎？最深的海底火山重新噴發了嗎？亞特蘭提斯的神僕，再次披上他們的祭袍了嗎？」

為了讓同學們理解釉在不同溫度下的變化，老師也做了小小的試片，用鐵絲勾出來給我們看。試片從窯孔裡勾出來時，是一團灼目的亮黃，跟魔戒一樣發光。老師把它丟入冷水裡降溫，馬上嗤嗤地冒出蒸氣來。

撿起來看，老師說，溫度還不到，釉藥只燒結了一層晶瑩刮手的糖霜。

過一會兒，再撈第二只試片出來看。唔，離釉色燒成還差一點，還不到剔透。

大家一邊等待，一邊喝著熱咖啡閒聊，工作室的貓咪在腳邊踅過來又晃出去，冬天燒窯非常溫暖、舒服，但貓很惱怒，因爲窯頂是貓慣常睡覺的地方，這兩天牠沒有大床可睡了。

等最後一支溫錐也點了頭，老師撈出最後一片試片，嗤。釉色清透，如水色琉璃，成功了。老師宣布窯內已確實抵達燒成的溫度，可以關火。就把煙囪的磚全抽了，收工，讓瓦斯窯的溫度，慢慢平緩地降下來。

降溫大概需時兩天，等窯內降到一百度以下，開窯就是大家最興奮的時刻了。窯門一開，裡面叮叮噹噹一陣響，熱鬧極了：熱呼呼的釉面，接觸到外界冷空氣之後，急速收縮，因此產生清脆的開裂聲，這開裂並不會讓坏體眞的破裂，只會在釉面上造出不規則的冰裂紋路，稱爲「開片」。一窯大大小小的陶瓷杯盤，開片起來，有急有緩，聲線交疊淸朗綿細，比落雨聲好聽。

至於溫錐呢？五號溫錐已經完全躺平在地上，呈現一個「人生就此軟爛、誰都不必再搭理我」的睡姿；六號溫錐努力彎成了拜月式；九號溫錐則垂首斂目，微微一揖而已。該走的路，一一走到位了，我眞的好喜歡好喜歡這些溫錐。

降溫以後，就可以戴上手套，小心地抱出自己的作品寶貝了。我的盤子燒壞了好多個。坏體修得太薄，高溫冶煉之後，它們從自己的圈足上紛紛頹軟、變了形。那些在低溫素燒時曾一度持有的美好堅定、我以爲能僥倖過關的，終究還是沒能過一千兩百多度的關卡。

不管成品如何，聽那叮叮噹噹的開片聲，還是令人滿足。

有時被生活逼得極累，累到從腦海裡怎樣都調不出一支愉悅的歌來。那時候，我就向內在調出一窯開片聲來聽，讓它們在腦殼裡歡快琮琤著，細語著。慢慢臆想下一回開窯，想要再燒一大堆靑瓷白瓷杯子盤子罐子，聽它們唱歌。

這就覺得人啊，有手有腳，活著好好。

赤志野

所有的陶器裡，我最喜歡「志野燒」。

「志野」是一種日本的長石釉，基本上以柔和的白色調爲主，依照寒暖色、繪付技巧不同，又可細分爲白志野、赤志野和鼠志野等多種變化。

「白志野」是純淨的白；「赤志野」顧名思義，白調中帶著赤色，可以粉嫩清淡如少女唇頰，也可以濃厚乾澀如凝血；「鼠志野」則是偏青灰的冷調，如鼠毛，如香灰，陰沉沉的冬季。如果在陶器本體先畫一層氧化鐵，再施釉，燒成後會像是雪融的泥地，顯露出深褐色的筆觸。

對志野釉的最初印象，是從文學裡面得來的。高中讀川端康成的《千羽鶴》，小說家以一只名貴的家傳志野茶碗，來比喻不倫之戀的肉欲與遺憾。溫柔的志野茶碗，盈盈一握，正如父親遺下的情婦身體般潤澤，杯緣隱隱露出一抹嫣紅，彷彿女人飲過茶水之後殘留的唇膏印，極其香豔的想像。

小說裡那只茶碗，到底是白志野，還是赤志野？

赤志野的紅色調，來自底層土胎中的鐵質，盈潤如玉的白色調則來自長石。鐵質與長石在高溫下燒熔，就會出現像是富含血色的北國女人肌膚，上手觸感柔膩，志野本身就是非常具有官能性的釉種。因爲閱讀了《千羽鶴》，年少的我，對志野茶碗產生異常深刻的嚮往，到底是何等過分美麗，才襯得起川端康成筆下的悖德之戀呢？

大學時期，因爲伴侶愛茶，常常與伴侶一起造訪金華街的茶藝精品店「圓滿自在」，學習品茶、欣賞茶器。知名作家陳九駱的志野燒茶碗，當時尚是一個窮學生負擔得起的價格，我非常喜愛，陸續買了好幾件，一直執著於要買到一只如同《千羽鶴》那樣官能性的唇印茶碗。後來也確實買到了一只中等茶碗，不規則的碗緣透出櫻色唇膏般的粉紅，碗的腰圍處，白釉流墜欲滴，令我愛不釋手，甚至爲這碗畫了一張畫，後來給友人收藏去了。也買得幾件嬌小的茶杯，鐵色更深，不像櫻花也不像玫瑰，比較像流火，後來地震摔破了兩只，很心疼，想再買時，陳九駱的作品已經漲到難以企及的高價了。

中年以後重新學陶，心願就是做出自己的志野燒。第一次燒，我心急，想做得像日本陶藝家的作品一樣輕巧，坏體修得過薄，結果在一千兩百度的高溫之下，幾乎全數燒破了。

不過，我雖然燒了志野茶碗，卻沒有燒出如《千羽鶴》那樣簡潔嫵媚、名貴感的志野釉，而是在碗底狂撒草木落灰，讓灰燼結晶和鐵水恣意奔流，「虛華」（hi-hua）到不行的深赤色茶碗。任性的我，想把原本志野釉帶有的官能感——親暱的毛細孔大特寫，推往更爲殘破，也更疏離的中景。

創作的好處在此，人人燒出的志野皆不同，有的是名媛，有的是神女。

說到這，就像王家衛電影，我對王家衛電影的意見往往與同儕相反。大家都說王家衛是早期的比較好看些，後期商業性太強、太多話了。我說那個好，是旁邊人看著好。至於裡面的呢，到底是剔透好，還是髒汙冗贅好呢？在裡面是愈來愈難分了，冗雜有冗雜的重量，用朝花夕影來做，那花樣年華的漂亮，有時候就是太過漂亮了。

這種漂亮當然不是劇本漂亮，不只是演員在表演工夫上的漂亮，也不全是敘事和留白的漂亮，而是眞正的風格——看似偶然實則精心、集寥落與繁華於一身的漂亮，然而，對王家衛這種創作者來說，漂亮其實是比較簡單的。

也有人說，在作品裡放入眞心才是漂亮，天啊，那可是外行話。就跟每次拍攝職人紀錄片，都要說創作者會把眞誠的心放在作品中一樣，是說與外行人聽的。眞心誰沒有啊，說放就放的，放了就好看了嗎？

大家都說眞心好，有時候聽了很膩。

作品要好看、耐看，漂亮和眞心，其實是相輔相成、更要相愛相殺的兩手。相輔相成，指的是眞誠的心情經過剪裁，不僅僅是美學的剪裁，更當有留白的剪裁，當有人情考量的剪裁。而在那些剪裁裡頭，漂亮才會出來，眞心才會有價值。

最後，應當放進去作品的，說眞格，都是要跟自己對殺、鍛鍊的火焰。有些是青春，有些是憧憬，有些是承諾，尤其是要評論一個藝術家的時候，要看的是他與自己爭吵的過程，所以，很難一語論定他哪件作品是好的、哪件作品是壞的，要放進他自己作品發展蛻變的脈絡裡去觀看，看他如何鍛鍊自己的聲音。

所以才說，對王家衛這樣等級的導演來講，漂亮是簡單的，要複製漂亮更是簡單；而對梁朝偉這種演員來說，漂亮也是簡單的。聽聞王家衛在拍戲時，磨演員磨得很兇，因爲梁朝偉的表演技巧太無懈可擊了，可是有時就需要那個「懈」，要在完美中招來泥濘與縫隙，所以一個鏡頭反覆重拍，硬磨，拍到梁朝偉累、煩躁、生氣。那時候，他完美的訓練終於可以出錯，於是好的戲，在那個「錯」裡面找到空間。

對我來說，心底想要燒出來的赤志野，某些部分也跟王家衛對梁朝偉的磨戲一樣吧。我想要作品從天生地養又千般冶煉的漂亮中掙出來，寧願可以俗，也可以錯。

其實人生最難得是錯，錯了，有痛有悔；錯過了，一輩子記得。年輕的創作都在追求各種正確性，罩門就輸在漂亮。現在燒陶，我期待著用各種步履，用餘生去殺死那個漂亮，也許一朝有機會，讓自己都不認識的裡面聲音，破碎嘶啞地掙出來。簡潔或者精準，對我來說都已經是容易的風景了，純情真愛，也太容易了。難，難在後面無止境的返顧、和自己磨耗，無人樂見的續貂。

鼠志野

以前是沒那麼喜歡鼠志野，一心鍾情於白志野和赤志野，鼠志野雖然也是精采的志野釉，但是通常會搭配鐵繪的線條，被我嫌棄情緒表現太強了。

燒瓦斯窯時，教室也提供了鼠志野的釉，所以順便就燒看看。一燒不得了，這下我也喜歡鼠志野了。可能是因爲自己親手生養的孩子，從窯裡叮叮噹噹捧出來，沒有不喜歡的。

鼠志野追求樸拙手繪的質感，灰色釉帶深褐色的花紋。這種傳統繪付的原料稱「鬼板」（我眞愛這日文名字，美呀），原來是褐鐵礦和一些共生礦的組成，主成分爲氧化鐵，外觀看起來是褐茶色的酥脆粉末。磨細過篩之後，與淸水混合，就可以刷繪在土坏上。

桃山時代的鼠志野器皿，多是在白泥素坏之上，先全面刷上鬼板，讓氧化鐵覆蓋大範圍表面，然後再以尖物筆刀刮刻，刮出白色花紋，最後掛上一層長石釉。燒成以後，刻紋頗有岩壁畫的樸味。鼠志野釉色偏向清冷的泥灰，靠著底下濃重的鐵質，將灰色燒出層次感。如果不用刀刻，而用毛筆來描繪，燒成的色彩會隨著筆尖所蘸氧化鐵的濃度改變；水分多的筆觸，燒成顏色會偏向紅赭色；濃度厚重的部分則顯灰黑。

手邊這批茶碗已經上過了一層白化妝土的底色，老師給了我們氧化鐵水畫花紋，我在茶碗邊上隨意甩擦幾筆，燒出來眞漂亮啊！像是春天來臨，積雪融到一半時，露出來的黑壤，又荒涼，又肥潤。

赤志野和白志野都是偏暖調的長石釉，鼠志野卻是冷僻裡仍有潤澤，教室備了一大桶草木燒成的灰，讓我們撒在釉上。撒灰太好玩了，像給麵包撒糖粉，或是給卡布奇諾撒肉桂粉那樣撒。撒上去時看起來像是灰褐色的斑點，但是入窯燒製後，灰燼會熔化成玻璃質，淌流在釉色之中。

器物外側的落灰，溜結成將墜而未墜的晶瑩水珠；撒在器皿內側的灰，則匯流於低窪處，變成一片青碧海域。於是我的小茶碗不但有了碧潭的詩意，也有了亞得里亞海的憂傷，愛慘。

之前對玻璃質的釉比較無感，覺得太亮太高調了，有點不耐看，不符「侘寂」（侘び寂び）美學。燒了滿池碧水的鼠志野以後，發現原來這是我思考的盲區，總以爲侘寂必須粗糙內斂，沒想到光感十足的釉色表現，其實也可以燒出侘寂之美。

終歸今天喜歡了融雪的泥地，喜歡如露的春色，其實是我心裡頭，有點什麼，開始融化了。侘寂是一種狀態，質感不過是狀態裡的一層。

侘寂還沒完，侘寂有後話。回家以後，我把鼠志野茶碗洗乾淨，沖入冬茶。剛剛燒好的茶碗，熱漲冷縮的開片尚未完成，沖茶時，水溫變化會引動茶碗脹縮，偶爾還迸出叮叮兩聲。鼠志野開片細密，茶湯色一下子就吃進去了。本來全新時，碗的面貌是白雪與黑壤，現在則密密罩上一層褐色蛛絲。茶碗使用得愈久，開片紋的茶色就吃得愈深。燒成的茶碗，空著一個身子，盛接每一年的春茶與冬茶，而每一葉茶也留些顏色給茶碗；相互孺慕的綿遠啊，碗盛接著將來的雨雪，亦記憶著舊時的火溫，原來無處不侘寂。

信樂燒

和伴侶去京都MIHO美術館看展，帶回兩個信樂燒「湯吞み」。

那是美術館餐廳內所使用的茶杯，裡面盛裝著冰涼的麥茶，提供客人飲用。信樂土鐵質自然產生的緋紅火色、黏土內天然長石粒熔成的透明小塊結晶，襯著杯緣隱隱一層落灰形成的薄綠色玻璃質。因爲實在太喜歡了，詢問餐廳能不能購買，餐廳表示沒問題，但因爲是陶藝家手工的拉坏作品，每一件大小形狀都不一樣的，所以拿了好幾個出來給我們挑選，並且請我們先裝一點水試試，因爲信樂燒有可能會漏水。

當下，我完全被一桌色調美麗的杯子們迷住了，沒有理解店員在嘰哩咕嚕說些什麼。裝了水沒有漏呀，擦乾，打包，付錢，歡天喜地帶兩個杯杯回台灣。

回家泡了茶，果然留香效果很好，又保溫，我習慣留殘茶在杯子裡泡著，明天早上有冷茶可以飲，第二天早上起來一看，咦，怎滿桌是茶？

想不透，後來又多泡了幾次茶，才發現杯子的肚緣出現一小塊深褐色汙漬，像地衣的形狀。原來是茶杯漏水了啊，一開始沒感覺，茶湯放久了，就慢慢滲漏出來，形成茶漬，這才明白店員當時的叮嚀是爲了這個。

怎麼會有陶藝家做出漏水的茶杯？不懂信樂燒的我百思不解。

後來學陶，讀資料，這才知道信樂地方出產的黏土，是花崗岩風化後充滿自然雜質的「山土」，製作出來的陶器渾然天成，不上釉彩，只靠燒窯產生的火痕、焦痕和自然落灰裝飾，正是日本侘寂美學的正宗表現。山土雜質既多，比細膩的「田土」質地鬆、黏性弱，所以燒出來的毛孔空隙較大，久了會滲漏是正常的。然而日本茶道使用的是抹茶，刷完立刻飲用，茶湯並不會久置於器皿之中，所以根本來不及滲漏，也就不至於造成使用上的困擾。

啊，原來如此，所以信樂燒並不需要做出堅實不漏的茶碗，原來侘寂之美是要領略這種一期一會、充滿遺憾、瞬息即逝的程度啊，太刁難了吧！

我決定挑戰侘寂。網購了二十公斤的信樂土來做茶碗。上了轆轤才知道，信樂土眞不好對付，黏性比過去使用的黃陶土低太多了，水不夠就拉不動，水稍多立刻潰散成漿。玩了好久，才勉強拉出一個茶碗來。

不敢第一次就裸燒，先上志野釉，心想底釉上得厚重，應該是不會漏了。出窯眞是漂亮至極，應有的結晶、氣孔、坑洞、火痕，全部到位。回家立刻取出詩人小令寄來的凍頂烏龍開始泡茶，碧綠茶湯映著雪白的鼠志野，令我神魂顚倒。

結果呢，過了兩個小時，茶水漏得一塌糊塗，整個茶碗屁股浸滿鐵褐色茶漬。第一次使用，看起來倒像是已用了好幾年的老茶碗了，眞夠侘寂。

我是有點洩氣，心情上還是不能接受茶碗會漏水，但是茶碗本身的美豔卻足以平衡滲漏不實用的缺陷。第二次製作，我盡可能先把土多練幾次、夯實，再拉坏，出來的茶碗好些，比較沒漏得那樣快了，不過放個一夜，也還是漏呀。

我放棄，反正信樂燒就是會漏水吧。

又用茶碗泡了兩個月茶，咦，怎麼最近比較沒有漏呢？伴侶說，可能因爲茶水中所含的微量物質，會慢慢堵塞住那些微小的孔隙，就跟玩壺的人養紫砂壺一樣，累積久了，土的毛孔就被完全封住，不滲漏了。

喔，原來仍是我的見識淺薄，信樂燒的侘寂，並非只爲了表現瞬息即逝的自然遺憾而已，它還悄悄告訴了茶碗的主人：我們的一期一會，與你共飲的每一碗茶，我都記得；我身上的每一個毛細孔，都會爲你的經過所充滿。這才是器物無命，卿本多情呢，我眞正拜服了侘寂的歧義與伏筆。

支釘痕

燒窯的時候，釉隨著高溫開始熔化。

因爲地心引力的關係，釉會向下流動、燒結。陶瓷品的底部通常不上釉，或至少必須留下一圈不上釉的足底，這樣在高溫的燒製過程中，熔化的釉才不會與底部的硼板相黏。一旦黏住，冷卻之後就拔不下來了。由於人類無法在半空中燒製一件陶瓷製品，所以一般陶瓷器的底部，多少是看得到胎土顏色的。

但是如果我們想要擁有一件完美滿釉、完全不見土色的瓷器，該怎麼做？

宋代的「官窯」、「哥窯」與「汝窯」，是皇室御用的陶瓷廠，既然是皇家御用，必然試圖追求技術的極致表現。於是，爲了在作品中挑戰不可能的重力，讓一件美麗的瓷器渾然無漏底，宋代的官窯採取「支釘燒」的工法：在上滿釉藥、預備燒製的器皿底，墊上一座類似小皇冠的支釘座——有三支釘、五支釘、六支釘等，墊座上尖下圓，將瓷器「浮」在半空中燒製。待得燒成冷卻後，再將器皿從支釘上輕輕拔下。如此一來，完美的釉面，只剩下數枚如芝麻般的香灰色小痕，稱爲「支釘痕」。

三座官窯之中，又以汝窯「天青瓷」的支釘痕最細微、最乾淨。天青瓷是一種柔和粉潤的青釉，類似雨後藍天的色彩。五代後周世宗曾以一首詩聯來指定御窯瓷的燒製：「雨過天青雲破處，這般顏色作將來。」相傳北宋徽宗也以同樣的標準來比評汝窯所要的天青釉色。故宮收藏的汝窯天青瓷，確實如同風雨過後一抹天色，清朗明麗。

文學的多重隱喻特性，使得這兩句詩聯，不單單只做爲皇帝個人喜好的「Pantone色卡」來解讀。後代多將這兩句詩解讀爲周世宗的政治抱負。周世宗是養子，早年隨商人往來江陵賣茶。後來他的養父與養兄弟被誅殺，世宗在鬥爭之中即位。也就是說，周世宗不是一個嬌生慣養、含著金湯匙等當皇帝的公子哥兒，他早年擁有商場實務經驗，更因家破有著切身的政治鬥爭體悟，對於後周混亂的體制與環境，算是抱持改革勇氣，並且付諸實踐的人。

政治乃衆人分配資源利益之事，本來就是最「腌臢」的差事。周世宗即位後，展現出一個財經人的能力，全力從經濟改革下手，除弊、整頓稅收、推動均田政策，試圖重新提振整體經濟發展，達到均富強國的理想。

田地均分，當然是要得罪一大票既得利益者，而如何振興國家衰弱的人力資源，則讓他擔上了個「毀佛」的臭名——國家長年戰亂，青壯年人力爲了逃避兵役與賦稅，紛紛剃度，出家爲僧，導致國家幾無生產力可言，更不可能整頓軍備。周世宗強力要求有家人須照料、私自剃度的僧侶一律還俗，又廢去冗設的寺廟，並且大舉徵收銅製佛像，將銅像銷毀熔化之後，做爲發行貨幣的金屬料來源，干涉宗教自由引發人民強烈反彈。而面對外界一波波的質疑，周世宗是這樣回應的：「卿輩勿以毀佛爲疑。夫佛，以善道化人，苟志於善，斯奉佛矣。彼銅像豈所謂佛耶？且吾聞佛在利人，雖頭、目猶舍以布施。若朕身可以濟民，亦非所惜也。」＊翻成白話就是，佛法是爲了救人度人，我的政

＊**卿輩勿以毀佛爲疑。夫佛，以善道化人，苟志於善，斯奉佛矣。彼銅像豈所謂佛耶？且吾聞佛在利人，雖頭、目猶舍以布施。若朕身可以濟民，亦非所惜也。**引自《資治通鑑》卷二百九十二・後周世宗顯德二年。

策也是在救人度人，佛不是最講究布施嗎？佛在心中坐，不要在意那個金身表象啊。要我獻出我的肉身，我也願意犧牲奉獻啊。

說到做到，周世宗衝衝衝的結果，三十九歲正值壯年，就病逝了。

所以當他說出「雨過天青雲破處，這般顏色作將來」時，談的當然不只是顏色，他所夢想的是在經年戰亂、人心疲憊的前提之下，如何建立一個好的政府制度，打破愁雲密布的亂世，讓世界重見美麗的天光。

這才是天青的終極追求。完滿、幸福的粉彩色，近乎庸俗，是夢啊。

要辦到雨過天青，談何容易。得花上多少時間、補綴多少漏洞，除去多少頑強的阻礙？就像一件光潔瓷器出窯，背後又是多少破碎的失敗品，要耗盡多少匠人一生的心血呢？周世宗所做的每一項改革都是吃力不討好的事情。他夢想的可能是美好天青色；而他的一切政治作爲，則是瓷器燒成之後，注定被拋棄的支釘圈。

我不知宋徽宗是不是懷著與周世宗一樣的想法，在寫汝窯的天青瓷？他又當如何看待自己的政治生命？但是我深深感動於天青背後的重量，爲此寫了一首詩〈天青瓷〉＊：

天青瓷最俗
那是皇上天眞爛漫的
一派胡言
說
世上最好的顏色
是雨過天青

皇上總沒見過潑辣辣
眼中滲汗的
日正當中
亦沒見過那狼狽濕透
傷風前夕
悠遠的虹
哎那皇上命苦呢

＊**〈天青瓷〉**：詩作收錄在自費出版詩集《雜色》。

可眼神還透澈
像個孩子似的

俗，就俗些
人生最難是俗成
日常飯食那樣純粹美好著
一不小心
就要全盤皆碎地
美好著

愛天青瓷，不只是貪看那如玉般柔滑完美的正面，我最迷戀的卻是器皿背面，那微小如芝麻的幾枚釘痕，隱喻著夢的支點。

從微小的地方一而再、再而三地勉力撐起，有多少人傾盡全力，只爲讓可能性降臨，只爲了打造出美麗新世界。不知情的人，還以爲盛世安樂，是自己會半空中掉下來的天福呢。實是爲了新世界而付出的，重量、火燼與傷，都讓支釘座來擔負了。

定中心

心中有事，帶著憤怒去做陶，暗想今天大概是做得很差了。果然「定中心」定得非常糟糕。連續兩個碗都做壞，第三個碗拉高了，取下時，卻切斜了，歪在一邊。定中心、定中心，我每次坐上拉坏台就感到茫然：中心點在哪？

定中心是拉坏的第一關，中心定不住，作品重心偏移，成品會厚薄不一，就算拉成了，在陰乾的過程中也可能收縮拽裂，或者在窯的高溫中崩塌。

初學拉坏時，老師教把土塊用力固定在拉坏台上，要整土。整土的時候，將土塊定在轉台的正中心，這樣子拉出來的坏體才不會歪七扭八。許多日本陶藝的作品追求簡樸，作品看起來歪斜粗糙，但是卻擁有奇妙的流動感，是以每一個角度的歪斜都美極了，都很平衡。我做得亦歪歪斜斜，卻是沒有生命力的歪。我用雙手緊握著土，只感覺它完全偏離航道，在掌中橫衝直撞，哪裡有中心點？

但是經過老師整過、定過中心的土塊，便能迅速拉坯成形，拉出來的茶碗又直又滑順，圓滿得像小宇宙。老師說，也許是我的體溫太高，土塊太容易融化了，所以我在雙手上一直灑水降溫，結果土塊糊成一團泥漿；又或者，我的動作太急躁了，於是把轆轤的速度降下來，慢慢找尋颱風裡面那寧靜的眼。我要怎麼找到一個存在，而又不存在的寧靜呢？

又或者，我的左右手都太用力了，讓其中一隻手穩住，不要受到視覺的干擾，土自然會慢慢定到中心。我試圖閉上眼睛，用雙手去感覺土塊的狂奔，這是脫韁的馬啊，但是土馬在老師的掌握之中三兩下就乖巧。厚重的土塊頑固得彷彿生活，我愈是用力，它愈是脫手而去。離心的愛、在掌中小心翼翼護著卻仍然融化崩塌的夢想，這些歪斜的失敗品全是我的、我一手做出來的宇宙啊。我把又一個歪嘴小缽從台上取下來，拍拍滿是泥漿的褲子，我會知道自己的中心在哪裡，再給我時間，再一次，一次又一次。

做陶讓我重新感覺自己是個孩子，掬起一把濕泥，試圖捏塑出雙眼看不見、用十指探索不到的未知。每一次拉坏，都要重新找尋那個中心的關鍵。

而這一回，我重新定中心，以虎口將土塊擠高、壓低。突然間，好像什麼邊界都消失了，思緒、顏色，形狀全部都消失，有一股穩定的力量，從掌根推進土內，腦中喃喃不休的聲音，一瞬眞空，我在那眞空之中，失去了全部關於人的抽象概念，同時又絕對明晰地知道，我是一個人類，以人的形式存在著。

本來總是無法拉高的茶碗，現在拉高起來，變廣闊了，我失去對曲線和量體的思考，而曲線和力量從我手中不絕湧出，土記錄著這件發生的事，非常靜謐地，它們升高又聚攏，然後開出一個小孔，慢慢形成茶碗中體感的空寧。

我自然而然地調整拉坏的速度，愈拉愈慢，手指出奇地溫柔，而又堅定，像是一瞬間被校準，宇宙萬物在我之內迷幻運行。在這突來的變化中，我感到詫異：原來，我的關隘，竟然是要靠憤怒突破的嗎？二十多年難以破除的訓練——一切強求正確的答案、總是考慮眾人的心情的束縛感、鄉愿與矜持，如此頑強，全是做爲成年人的社會枷鎖，也是將我自己與宇宙遠遠隔開的關隘。我以為當關隘打破時，真我必如火山噴發、燒灼一切，沒有想到，真正衝破關隘時，迎來的竟是無垠的靜篤、自在，那力量取之無盡無竭，我就在奔流之內，我就是節奏的一部分，那是沒有熱度、不會灼傷，卻持續奔馳的火焰與海潮。

我帶著這股超自然的靜謐感，回到家，孩子們熟睡著，並速速以簡單的文字工具（在龐然的宇宙之中，我所能使用的文字是多麼粗糙簡陋呀）記下此刻發生的事。我知道再過一下子，我又會脫離這股流動了。但此刻我記得，土坏也記得。

金繼

萬事萬物，都有自己的時間感。

比方說，陶瓷器所蘊含的時間感，和人類是不同的。宋瓷、唐三彩，經過數百年的歲月洗禮，釉色依然光采照人，這是物理性質的久長。百年來，它們經歷的磨損是極少的；相較之下，人類的時間感卻如浮雲般匆匆飛逝，變化得太快。

但最近，我不小心打碎了幾個心愛的杯子，突然有了感觸：原來，陶瓷器所經歷的時間，和人類所經歷的時間也是一樣的。唯一不同點，就是承載的身軀對時間的體感反應而已——人體肉身對時間的感受是磨耗，經過數十年的時間推磨，身體會出現拖拖拉拉、病痛不斷的現象，直至頹圮。而陶瓷器看似堅硬又永恆，但只要稍有一點角度的磕碰，對人體可能只是瘀傷，而陶器就得斷手斷腳、四分五裂了。

當然，四分五裂的器皿是不能再使用的，因爲會割手、會漏水。但是，陶瓷的生命並不是就此結束，它們也可以修復。

人的身體是有機物，受了傷，經過適當醫治，細胞自己會有一定的修復力，待得時間調養，血肉就能癒合。而陶瓷品則需要靠外科手術來救治——日常使用的陶瓷器，可以用傳統「鍋瓷」的方法來進行修補：工匠先刷去器物表面的汙垢、灰塵，再將破損處對齊，黏合，接著於裂縫的兩側鑽出對稱小孔，另外剪下一塊大小合適的細金屬片做爲「鍋釘」，兩端釘入小孔，鎚平，牢牢固定，最後再用油灰砂漿仔細塡補隙縫，確保器物修復後密不漏水。曾看過鍋釘處理的民藝老件瓷碗，眞是可愛極了，米色碗面上兩三排釘口，就像是補釘衣服一樣可靠。

而更高階的修補法，則是以生漆修復的「金繼」。金繼往往用於昂貴精緻的器皿，我常去的陶藝工作室，就是以金繼工法來修補那些不小心受了傷、被藏家送回來救治的作品。有時去工作室閒聊，看著工作室的夥伴手邊一排金繼的手術「家私」，桌邊則放著一堆貼著臨時繃帶、等待救助的「患者」，修陶，頗有醫者的架式了。

金繼的修復過程，一開始會將碎片的尖銳邊緣稍稍磨開，增加接合劑的面積，就像是牙科醫師補牙前，也要將待補的坑洞處，先磨掉一點琺瑯質一樣；將破片排好對齊之後，以生漆和生麵粉相混，調成具筋性的「麥漆」，薄刷上接縫處，等漆乾燥到適合的黏性時，一片片慢慢拼回去，一邊用紙膠帶貼上「繃帶」；過程中不用粗魯的金屬鋦釘，完全依賴麥漆的力量。等到全部黏嵌完成，再重新於裂縫刷填上第二層填補用麥漆，依照物品破碎程度，麥漆會加入木粉、砥粉等不同的填充物，來調整修補的強度。

最後，等修補填塞的漆都乾透，還要上最後一層蒔繪薄漆，利用漆的黏性，撒刷純金粉，或是純銀粉，使金銀粉完全覆蓋受傷的區域，最後打磨光滑。修補的程序十分繁瑣，價格不菲，主要是因爲等待漆的陰乾，會耗去大量的工作時間——又是時間。

金繼完成後，器皿身上會帶著一道道類似閃電或礦脈的金痕。喔，這就是傷痕的美麗之處了，修補之後，陶器留下了人的手澤與閃光。那些傷痕說明了，曾經有人深深地關愛著這件脆弱的物事，關愛到即使它已經碎裂、失去了功能，仍然願意花費自己的時間來陪伴它。直到主人的肉身殞滅，那器皿卻仍然留在世上，以自己的時間，慢慢過。

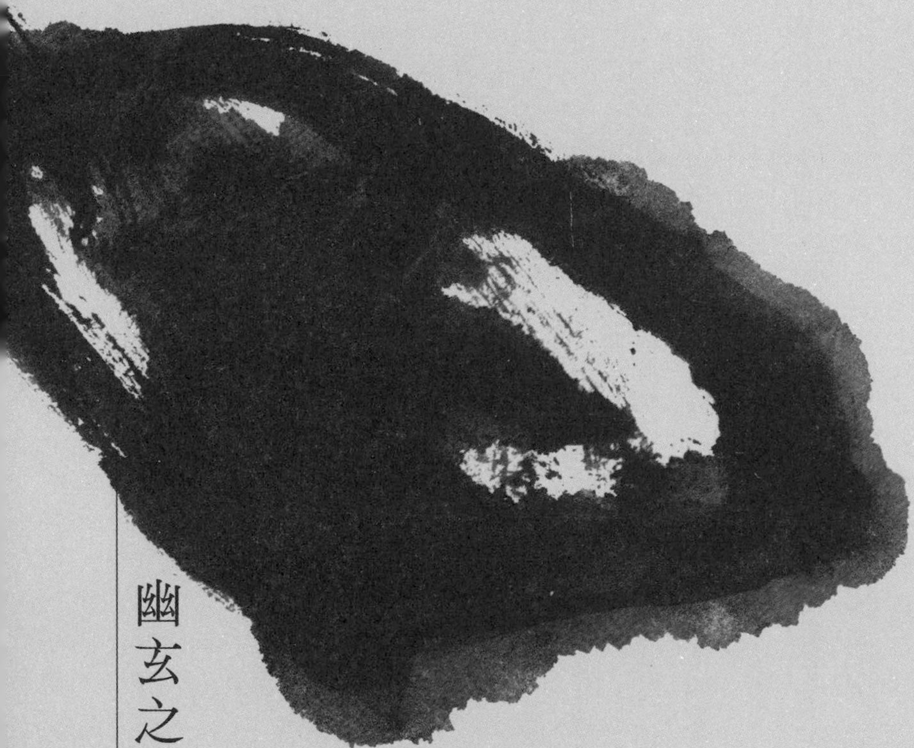

幽玄之地

圍棋幼幼班

從來沒想過自己會迷上圍棋。

一方面從小數學能力不好，對於下棋這種需要計算能力的遊戲，內心自然生出畏懼。另一方面則認定人生苦短，追求太多，何必浪費時間玩遊戲（當然我也就從來沒有迷過電動遊戲，應該是說無法被遊戲所迷，遊戲不夠滿足我務實的野心）。但現在每天都急著打開手機，看高手下棋，自己則每天也至少下個七八局，當成練基本功，比寫作還要勤奮。

一開始是爲了陪孩子學棋，自己也報名，想說這樣至少在家裡可以陪著孩子練習。孩子學一個月，不學了，我卻一頭深深栽進去，把買得到的圍棋練習本（是的，圍棋課就像數學課，有習題本可以寫）全部買回來，沒事就拿出來寫功課，彷彿回到求學時代狂寫參考書的生活。

圍棋的遊戲規則非常簡單：己方棋子將對手的棋子徹底圍住，直到無路可走，那便成爲你的地盤。圍棋的勝負在於誰圍的地最大、最多，倒不在於吃對方了多少子——當然，吃子本身就是圍地盤的一個手段。將對手的子掃蕩殆盡，他的領地自然變成你的領地。

學棋第一週，我迷於吃子。吃子有殺人越貨的快感，專注於獵殺對手，能讓我內心血色的欲望歡喜尖嘯。但那是錯誤的下法，貪於吃子，往往貪於進攻。一味進攻卻不守地，結果就是全軍覆沒。老師只提醒一件事：「不要急著殺對手，自己先活下來，比較重要。」

第一堂課，老師不知道，那竟已經給予一個成人當頭棒喝。

將近不惑之年，我所秉持的價值觀，向來只在乎自己是不是贏家，就算表面修養得溫良恭儉讓，內心卻清楚自己始終不滿足，始終只想證明我比較優秀、比所有人都更強大。如今早已懶得追究，是什麼未能解決的心理衝突因素，把自己搞得如此激進，反正蒙著頭向前衝就是了。創作的人，對世界不滿足、有野心，那是好事，搞創作本來就需要源源不絕的心理動能。但是人生不是一個單一的舞台，只有襁褓中的嬰兒，才會認定世界應當完全滿足自身需求，讓自己時刻稱心如意的。事實上人生是：當你走出一步時，世界便予以回應，而每一個或是、或否的回應，都促使你改變、走出下一步，直到終結。

圍棋便是如此，遊戲開始，然後走向終結。若想要繼續玩這一場遊戲、玩得久而有趣味，前提是你得先活下來。活下來意味著空間，要有充足空間，才活得下去。圍棋的空間稱之爲「氣」，也就是棋子可以放置的地方。當你的氣逐漸減少，就意味著正面臨被窒死的危險，必須自保，不能放任對手進逼、占據你的氣。目標是讓自己的棋子確實活下去，不讓對手「緊」你的氣。

所以第一課不是殺，是活。

活下去，是有方法的，這些方法即是圍棋的棋型。棋型一來一去，發展出固定的公式，則稱爲「定石」。在圍與解圍的過程中，互相疊加，排列組合，使用恰當的定石，能讓攻擊和防禦更有效率。老師教我的第一個棋型，是「虎口」。

虎口的棋型很簡單，讓三顆棋子排成三角形，只差一顆，就能排成菱形，這樣的形狀稱之虎口。對手若是敢走進虎口，下一手，你便能擺上第四顆棋子，將對手窒死。虎口是防禦的手段，威嚇對手：不要靠近來，我能一口將你吞沒。

好好使用虎口，我果然開始贏棋了。比起一味地造牆與胡亂進攻，虎口進可攻、退可守，有時我會造一連串的虎口，對手若是一味貪快，我就能一路吃他的子。但這畢竟是極爲初階的手法，當我吃了對手的子，四顆棋子完整形成一個菱形，就面臨到第二課了：這四顆脆弱的子，到底能不能成爲我方眞正的領地？

四顆棋子，排成菱形，就進入老師教的第二課——「做眼」。

在棋盤上做出小小的存活空間，稱爲「眼」。眼有分眞眼與假眼，「假眼」是脆弱的防禦，可以破；至於「眞眼」，對手破不了。若是菱形的眼，會出現四個脆弱的眼角，必須占住至少三個眼角，才能稱作眞眼。只要被對手占了兩個以上的眼角，那就只是假眼，是會被殺破的空洞。老師說，要活棋，一塊地至少要做出兩個以上的眞眼，才不至於被破。破眼的方法很簡單，那就是想辦法戳人家眼角，把眼角毫不留情地戳破，防禦便瓦解，就能攻城掠地了。老師說：眞眼與假眼，是一生的功課。

確實是一生的功課，學了造眼的我，才眞正開始讀懂《孫子兵法》。棋型完全是戰爭的布陣概念：展開戰局、造出誘因與險境，等待對手投入、短兵相接，然後一邊廝殺、一邊建立更爲堅實靈活的壕溝與坑道，直到我軍吞沒整個戰場、對手投降爲止。善知敵方的手法，就能更爲巧妙地造出自然得勝的形勢。所以老師要升段班的學生熟記定石，定石資料庫充裕了，才能在對弈時進行排列組合，判讀對手的意圖，做出得勝的結果。定石有如兒時玩耍的萬花筒，明明是同樣一把花片與珠石，放在同一個圓筒子裡滾動，可每個人來轉，都能轉出全然不同、萬千變著的繽紛花彩來。

轉出來的，是人造的形勢，也是天時與地利的形勢。局中有太多變因了，你所發力運轉的，並不只是自己的心，同時也是對手的心。人與人之間的相處，正是一場又一場的短兵相接，你進而我退，若是退得太過，一方便要被吞沒，這一局便得告終。

你得造出自己的防禦機制，不讓別人戳你的眼角，無論對方是有心抑或無心的，人之存活，都是空間之爭。

這又是更強的一記棒喝，我向來爭強，卻又不懂得自我保護。內心的牆，滿滿是缺口，時常給人侵城還不自知，又或者，我亦踏了他人的城池，亦懵然無知。這進退裡頭有禮數、有尊重，又要能保持一雙眞眼，保持識人的清明與警覺，所謂知人知己，乃至於待人處事的優雅與合度，這些遠遠不是學校的制式禮教能夠涵蓋給予的。

學棋，學到的何只是棋？

至今棋齡兩個月，拜科技進化所賜，老師也介紹我開始使用線上的對弈軟體，身爲一介走不出家庭的地方主婦，我可以透過網路連線，隨時隨地和全世界的玩家對弈。練習得多，進步就快些。圍棋完全是一場心理競賽，多練習，心理素質也就隨之進化。網路對弈的有趣點，在於你看不見眞的人，不受任何刻板印象之侷限，完完全全只能透過棋路去感知、預測對方會怎麼下，觀察對手下棋的風格，判斷他會採用的定石，同時也在仔細檢驗你自己的心——我要如何回應？我要採取保守還是攻擊的態度？

下棋時的自己，實在太透明了，而對手在下棋時，委實也太透明了。那個審度、算計的層次，都是淸晰無可推卸的。身爲圍棋幼幼班，對手的強度亦是如此淸晰可辨，透過虛擬的棋盤光點，我幾乎能感受到對方帶來的緻密壓力。《孫子兵法》所謂「善戰者，致人而不致於人」，形容極爲恰當。更殘忍的是，你明明知道自己遭逢高手，但限於實力不足，全然無法反抗對方以利相誘、以勢相逼，眼睜睜看著自己一步步走進陷阱——不能不走進去，不能不受制於人，棋盤就這麼大。

啊，受制於人的感覺多絕望、多痛苦。愈是受到控制，你愈想反制、想贏棋，於是變化生焉，你的不甘心如此這般鮮活起來：不服輸，想要進步，然後掙扎著一步步向前行進。也因爲愈是前行，眼界愈開，就看得見高手能打造出來的變化風景，並時時產生這樣的心情：「啊，我也好想跟這樣的人下一盤棋，試試看他會怎麼對付我，我又會怎麼回應他呢？」

著迷，掙扎，追尋，人心的能動性是這樣生出來的啊。

通常，線上軟體會進行篩選，讓實力相當的人配對下棋。但偶爾軟體也會隨機配對，讓初階的我對弈到段數極高的棋手。這時通常走到第三手，弱者就知道自己死定了，接下來就只能等待被乾淨俐落地屠殺而已。但也有那麼一兩次，被心懷寬厚的高人下了指導棋，會在無關痛癢處讓與我一兩步，提點我眼前的缺失。那個當下就知道：「啊，被指教了，謝謝。」對弈軟體沒有留言功能可以道謝，事實上這往來也不需要訴諸語言了，下棋是一個眞正無語，卻又能說得隱晦、說得激烈、說得分明的遊戲。我的感謝，對方自然知道，就算不知曉，那也無妨。

透過棋路，顯現的是一個個人格形貌。有的棋手兇猛，攻擊快速又淒厲，一點都不給對方空間。有的棋手下棋節奏和緩有分寸，與之對弈，就是一種享受。對弈軟體也設定了好些人工智慧的下棋機器人，我與機器人下了一段時間，才發現這些機器人是設計來教棋的，不是眞的用來對戰。有的機器人是教你連結、有的教你做眼；有的機器人純然只是用來看見缺陷——比方說莽撞型機器人只知一味進攻，永不知防禦；有的機器人設定爲好勝心太強，明明此局必敗，卻非得下到兵敗如山倒，輸得慘烈仍不投降；有的機器人則下得輕率、不經思考就自投羅網，完全就是初學棋的人格設定——這些虛擬人格淺薄而片面、容易被看穿，其用意不是讓玩家贏棋，而是一再提醒玩棋的人——好好對照、看清自己的缺點吧。活人擁有鮮明的性格，優點同時也可能是致命的弱點。而正因爲人生如此短暫，你的心又深受現實所侷限，不是電腦裡改個設定就能全面扭轉的造物，所以那些天生的性格弱點，將會跟隨你一輩子，不會改變，你只能永遠謹慎持守，永遠記得——要警惕的人，是你自己。

曾風靡世界的日本漫畫《棋靈王》（又稱《棋魂》），主角進藤光因爲不小心觸動了千年地縛靈佐爲附身的棋盤，意外走進了圍棋的世界。小時候看《棋靈王》，總不能理解佐爲附身的本因坊秀策，明明是那樣瀟灑秀逸的人格設定，怎能爲了一手棋，耗弱心力，直到吐血身亡，令棋靈徘徊棋盤上千年不去？這好生矛盾。我以爲佐爲不能成佛，是某種性格缺陷的業力——對勝負貪癡，何等虛妄又庸俗啊。等到自己走進這世界，才明白黑白對弈的互動，原是這般深沉的美，又遠比人間的任何語言溝通更清晰，比任何形式的創作都更直接、袒裸。佐爲畢生所追求的「神乎其技」，並非僅限勝負之爭鬥，而更爲接近宗教性的追求。那「神之一手」，講的是把自己的心投射給對手，投射得最爲精確的一手。

未竟一手，卻是我的心，未能回應給對方的終極遺憾哪。

近乎愛，超越愛，以勝負之名、以黑子與白子之爭，棋手與古今靈魂接軌，向已知的世界提出疑問，並說出自己極渺小、卻已琢磨了一生一世的答案。當那個愛被回應時，佐爲終於知天命，超脫而成佛，這一局，眞正下完了。

棋局沒有圓滿這種事，無論是勝、是負、是和局，永遠都會有遺憾，但是心被接住了，知道了，那就可以了。

從這層來觀之，廝殺與防禦，實爲心與心的聯繫了。近來心情煩悶時，我竟發現，自己開始會想要摸摸棋子，與眞實對手下一盤棋，那渴望湧現時的力度，頗令我吃驚——圍棋幼幼班的我，總算稍微理解佐爲附身棋盤的心情了。下棋的人哪，是想要一直一直在棋盤上，活下去呢。

征子

圍棋只剩下一氣時，是危險的時刻。

「氣」指的是放置己方棋子的空間，當敵方圍你，擠壓你的空間，氣就會愈來愈少；當你再無立足之地時，對方就能提走棋子，占你的地。

只剩下一氣，那是「叫吃」，對方只要再下一手，就能把你的棋子提吃掉。一塊棋被叫吃幾乎是宣告死亡了，你只能做近乎無望地逃跑，彌留一下。而兩氣還有一點點活路，還剩下最後兩步的逃跑時間，有可能殺出一條活路，或是補強，和其他的棋子連結。老師總是提醒我們要特別注意只剩兩氣的棋，氣愈長愈充足，對方就愈不容易爲難你，而氣短缺，一下就走進死胡同了。

思慮縝密、內蘊深的人，氣總是充裕的，布局充滿彈性，那種能將氣保留得極爲充裕的棋手，不容易在棋盤上殺死他的棋子，貿然進攻，很容易騎虎難下反遭噬。

都說識人如字，其實字會騙人，可是棋騙不了人，看一個人玩棋，幾乎都可以看出這人的個性。他遊戲裡是什麼樣的人，在人生的關鍵時刻，就會是這樣的人。

老師說我空間感不差，可是下棋太客氣了。第一局棋就這樣說我，我想說客氣當然要客氣，我是成年人，當然要對已經上段數的孩子客氣。後來發現，老師那句客氣不是稱讚，是在教棋。

近來學到「征子」＊，征子就是一直緊縮對方的氣，把只剩下兩氣的棋，逼在一氣之內，對方若逃跑，你就繼續逼，逼仄到無路可退。我是常常被征的，一發現被征子，我就馬上放棄抵抗。因爲征子若是成立，硬性抵抗、逃跑，只會損失更多的地盤。

而征人家的時候，我卻會猶豫了。每次開征，明明算計的是對方的棋，卻在一步步征子的過程中，覺得心理上有種奇怪的抵抗感，就是不舒

＊**征子**：圍棋術語，指一方棋子將對手的氣逼仄，一步步叫吃，最後提掉另一方棋子的情況，通常棋形會呈現階梯的形狀。

服，這樣把人一步步逼死了，很不講武德。

老師檢討棋，指著敵方只剩兩氣的位置，問我爲何「虛手」＊，不把棋局下完？我說對方大勢已去，己方確定贏了，繼續殺下去，欠缺風度吧？

老師笑了。老師說：棋盤上是有人會使小手段，讓對手技巧性地輸，但不是這種輸。棋局上你能贏多少就贏多少，對方覺得累了想認輸，那是他的事，你自己覺得下完了嗎？如果沒有，那你就繼續征他、封他，直到你確定下完這一局爲止。

你看，這一塊。老師說：看出來了嗎？征子沒有完成，你這一鬆口，對方再回一手，你會遭反噬，征子馬上變成一連串的敗仗。

這樣簡單的事，我竟沒有看出來，頓時羞愧無地。同時想起來生命中數次被欺負的時刻，明明自己難過得不得了，卻還在爲對方找台階下。喔，我是自以爲寬容優雅，早早虛手了，但是其實這一局根本還沒下完，若不下殺手斷絕後患，就換對方反殺我。因爲我身上也還有剩兩氣的鄉愿

＊**虛手**：對弈的其中一方認定此局已無可爭之處，乃放下一子於棋盤右下角，或是持子輕敲棋盤一下，即爲「虛手」，代表己方已經放棄繼續落子。對手若不同意虛手，則對方可以繼續落子。若是對方也認定此局無可爭之處，便應以虛手，雙方都同意虛手時，棋局便宣告結束，開始計算圍地之勝負。

呢，不吃白不吃。征子出師要得利，否則就是沒事走去危崖跳舞。風度是留給極有餘裕的人，當殺則殺。

那一堂課之後，好像猛然扯開了塵封已久的門閂，放出了一個我應當熟悉，卻一直被幽閉的自己。我不斷下到征子的題，並且從此殺性大發。對手只要一靠近過來，我算完就馬上硬碰回去，像隻瘋狗那樣撕咬著對方的棋子不放。如此下了一陣，又陷入膠著。老師看了棋，又笑了，說：唉唷，家欣殺性重喔。

我心裡想：蛤？原來我殺性重嗎？糟糕心裡有點高興欸，難道我已經突破鄉愿的泥淖了嗎？

後來又搞懂了，老師還是沒有在稱讚我，是在教棋。

殺性重，就會殺紅眼，我在邊邊角角殺紅了眼，就忘記圍棋是圍地的遊戲，不是殺人的遊戲。所以每次都用上太多顆棋子去圍殺對方，只得到很小的一塊地的利益，卻留下了很大的空間不去建設照料，讓對手恣意玩出大的地盤。這樣顧小處而失大勢，劣也。

所以也不是人家稍微靠近，就跳起來開殺了，要看看局勢，如果對手只是試探，還沒造成損害，那就趕快去圍對手還沒能圍的地，把自己的空間擴大、再擴大。所以這時候就要判斷：對手下的子，究竟是試探？還是非處理不可的毒瘤？判斷好了，再決定要如何回應。

所以殺要看時機，也要有正確的動機，不是人家來了就殺。殺是爲了要保護自己，是爲了得更大的利益。在棋盤上，我一步步學習過去疏於學習的征戰，學習用鷹的眼睛鳥瞰，看見時局的全貌、看見關鍵點，看清此刻應當延長拓展的路線，也看清楚應該放給對手的空間，最後一步，才是看見殺機。

看段數高的人下棋，他們提子的手法非常溫柔優雅，但是提掉的子卻都是致命的。只要出手提掉對方的子，那就是直接砍掉對方一臂一腿，甚至是直指心臟的一殺。相比之下，瘋狗一樣的殺法，往往只咬掉一小片指甲，卻把自己的先機全部暴露了。

若有餘裕，與其征子，不如「門封」＊。設下門檻，讓對方出不去了，自然會識趣地去下別處，如此玩遊戲才玩得趣味而長久，不是兩個人在那

＊**門封**：在想要提吃的棋子外角落子，目的是封住該區域棋子全部的脫逃路線。

邊咬來咬去殺來殺去的，這已經不是鄉愿，是格局更高的殺，畢竟殺要花成本的。

這又令我想到喜愛的作家徐玫怡，她曾經說過，她設計自己工作室「雜画店」的文創商品，若是設計出看起來不錯，但心裡稍微有點猶豫、覺得不是完全到位，實際做了也不會損失多少的商品想法，那就選擇捨棄不做。有時很久很久才推出一件新產品，只要一旦推出，就銷售得非常好。

我大爲讚嘆她的「減法」態度，若是爲了應付焦慮，亂槍打鳥地亂做，做出稍微不那麼滿意的商品，製作成本的錢事小，在那上面虛耗掉的時間心力損失卻大。更重要的是，推出稍微不夠準確、重心偏移的商品，會動搖這個品牌的形象！硬要貪求朦朧的受衆，沒有想清楚就出手，使得原本明確的定位受到損傷，這種模糊化的傷害卻無可計量，不知要花多少力氣才能彌補。

這也與「征子出手，必須得利」的道理相合。不是不出手去征，但當你決定要征子、要動用很多顆棋子的時候，就要確保你會得到很大的一塊地，否則，還是去下棋盤的別處，寧願空白閒晃，保持自己的空間與彈性，卻不要胡亂出手，把自己的路給下斷了。

這似乎也解釋了我自己這些年走得左支右絀的處境。

輸棋

我很討厭在圍棋課請假。

本來是女兒們學圍棋，結果小孩學幾堂就放棄，全部變成我的圍棋課。

我學什麼都很拚命，都很照計畫走，但是現實生活養著兩個孩子，一下這個發燒、一下那個出疹，使我時常必須跟各種原定計畫請假：稿約得延後、研習得改期、兩個月前約好的飯局也得取消，到最後我變成了一個自閉的地方中年婦女，社交圈狹窄到不行。因爲眞的不想要失信於人，所以乾脆就不約不聯繫了。

老師對缺課的「媽媽學生」相當寬容，但我內心恨死自己：想學的東西學不到，想衝刺卻沒時間，這對於我來說是一種嚴重的自我羞辱。缺課的日子，我只能用網路圍棋APP來練習。上廁所時，我會緊抓著手機不出來，爲了下幾局的快棋。伴侶爲了我的改變大吃一驚：怎麼妻子突然從一個溫良勤奮的中年主婦，變成了手機不離身的屁孩？我下棋的神態，必定和那些沉迷手遊的國高中生一模一樣：眼睛盯著小螢幕，脖子微彎，駝著背脊，誰說話都聽不見。

這輩子從未沉迷過任何網路遊戲，現在卻完全能理解手遊上癮的心情——因爲現實上，誰都看不起你，隨時都可以打擊你。就算你學歷登天、親煮三餐、隨身攜帶媽媽包裡面有酒精藥膏洗手乳口罩蜂膠潤喉糖，但只要小孩子打個噴嚏流個鼻水，那就是你的責任，卻不是病毒的；小孩子哭鬧不休，無計可施的你只好拿出手機影片育兒，馬上被貼到網路上公審——無能家長讓孩子3C中毒。

這一切的挫敗，豈不是重現了青少年時期的魯蛇人生？無止無盡地被評論，被比較、被羞辱。比起面對怎麼樣都打不贏，也躲不掉的「齷齪」（ok-tshok）＊現實，我寧願逃進「十九路」＊空間，那邊只有棋、我和敵手，不作他想；我在棋盤上遭逢危險，卻也無比安全。

＊**齷齪**：心情鬱悶、煩躁。

＊**十九路**：圍棋的尺寸大小，十九路爲標準棋盤，兒童使用則有九路、十三路等小棋盤。

女兒們本來對圍棋沒興趣了，後來，看媽媽一路學、一路晉級，又開始纏我要學棋，學習條件是得讓她們贏。我說那不可能，你們又不學，怎麼贏？女兒們不甘心，看我在網路上跟人對弈，就纏著非要跟媽媽同一隊。媽媽負責想棋路，女兒們負責按按鍵。第一手給老大「進三三」＊，第二手給老二「掛角」＊，第三手該換姊姊下了欸欸欸怎麼妹妹又偷下了！小手指頭在螢幕上亂點一通，走到第四手就開始尖叫互毆了。我方棋路破綻百出，對手大概很囧，沒見過這種來亂場的怪咖。結果當然是換我著惱大叫，而女兒們沒事一樣又去玩黏土扮家家酒，把屋子搞得一團糟了。

叫沒有用，我摸摸鼻子，還是把殘局下完吧。

學棋以後，每天說來說去都是棋，講得好像很厲害，實際上，我總是連輸一整晚、一整月的棋。每天醒來，我從輸局復盤，學習對手的套路，學習不貪勝、一進而三退，學習給自己和對手空間，留出一些轉圜的後路；然後，我贏一兩局，又再次回到輸的噩夢之中。

我不知道青少年時期的我，會不會像現在一樣執著，拚命玩著會一直

＊**進三三**：圍棋定石的一種，三三指的是棋盤角落第三條橫線與第三條縱線交叉點。

＊**掛角**：指在布局階段，當一方已經在角上占據一點之後，會在這個據點附近再下一子，以達到後續攻擊或分角的目的。

輸的遊戲？我只知道，此時此刻的我，在棋盤上輸了，不會哭，也不會眞的死亡。棋盤上的黑子與白子，代我死了一萬回、十萬回。而現實中的我又復活了，慢慢地前進，又能過著也許歡笑、也許慌亂的一天，這是輸棋於我眞正的意義——輸敵一手，是爲了爭取下回活路；某處的我，在幽玄之地尋死，便得以在其他地方，活下來。

雙活

圍棋在古籍裡又稱爲「手談」，意思是手上的談話——對弈的雙方沉默不作言語，僅以指尖棋子交流。而心底的難題，棋盤往往以黑與白的鏡像，誠實重譯出來。

上圍棋課時，班上都是小孩子，只有我一個成年很久的老學生。有天來了另一位同樣中年的大哥，也是因爲興趣學棋，既然都屬於初學者，自然安排在一組對弈。

那場對弈，是我第一次在盤面上下出「雙活」。雙活是圍棋術語，指雙方的棋子互相包圍，每一方均無法做出兩眼活棋，但也不能貿然將對方棋子提掉的棋形。雙活是不能動的，雙方緊緊纏鬥到最後，逃不掉，更不能進攻，只要再進一步，你自己就沒氣了，下一手對方就能把你的棋子全部提吃掉。

在圍棋規則中，對於雙活的棋形，雙方棋子都被判定爲活棋（即使沒有做出兩隻眞眼也算活棋）。但那是一個非常微妙的棋形，很像兩條緊咬對方，纏成一團的龍蛇，一黑一白，誰也不鬆口，誰也出不去。

那次下完檢討棋，我看見對手露出一種難以描述的奇妙表情，也不是苦笑，就是盯著盤上的雙活，思索良久。

圍棋做爲手談，滿準確的。我深愛的小說《美國衆神》（*American Gods*）裡面，訴說世間凡物皆有神，只要人類替未知命名，然後獻上心力、時間，或是老派的血肉做爲祭品，就賦予了神的存在。所以世界上有媒體神（MEDIA），有火車神，有網路神，有古老舊神也有新神。既然神明以心力與時間爲食，那圍棋之信衆廣大，必定也存在洞悉一切的「圍棋神」吧。

而隨著我獻祭的時間愈多，圍棋之神與我愈發親密，就愈知道我心裡的鬼。每次心裡壓著事，我就一定會下到與之唯妙唯肖的棋形。圍棋神睿智，卻不仁慈，祂會毫不留情地讓我看清楚此刻的困境，比塔羅牌還要犀利。若是心裡有亟欲處理，卻處理不得的「腌臢」之人、難斷之事，那一陣子，我就常常下到雙活去了。

老師說，雙活與征子，都屬殺性重的棋。而有時即使你本性並不好殺，仍然有可能下出雙活，雙活是在無可奈何的窘境下，雙方棋手能做出的最好選擇。

那麼，一直下出雙活，其實就是圍棋之神在勸諫我：現下，不能再逼自己和對方了，鬆手吧。

雙活不能進，則就鬆手，去下別處。有時去別處晃蕩一下，這邊、那邊，從後方繞回來，反而有解。圍棋上的絕境，往往是不能硬碰硬的，過去的勵志書籍很愛宣稱：人遇到問題要向前看。我想，那可能只適於處理生命中的小問題吧，而圍棋之神常常告訴我：當你眞正遇上大劫、陷入絕境時，解法就不會在面前，往往在背後。

又想到，前輩們都說：不管搞創作還是工作，遇上瓶頸時，最好放下筆出去玩，給自己放假。放個假，隨興玩玩，回來瓶頸就自然解了，那不是因爲玩樂解了瓶頸，而是你的一切奮鬥與努力，終於重重累積到了最後一步。可是最後一步關鍵，不能硬碰硬地過，你得去後場繞一下，繞回來，然後這瓶頸之外的一大片天空就是你的，澄澈的藍了。

棋盤上都只是成住壞空，可是人的一生呢，就是一小塊、一小塊的成住壞空，最後構成了大局。我知曉世界是一場空無，生命此刻的持有會流逝、幻滅，而幻滅與空無又將迎來新局。然而即使已經擁有這樣的洞悉，眼前一小塊的掙扎仍然是真實粗硬的。創作的一增一減，就在處理這種掙扎，在片刻完滿與崩壞之間求索。取了這塊，就要捨那塊。緊咬著一處的死活，也要想一塊死活，值不值那麼大的力氣呢。

失手

我曾經聽一位圍棋老師說過，他不喜歡跟電腦ＡＩ下棋，ＡＩ計算不會失手，人類會。

如今學棋到一個階段了，大概已經從幼幼班變成小班，雖然還沒有升上段數，但我知道，圍棋比想法、比空間感，比計算的精確，比邏輯的推演，最後，比失手。

因爲線上圍棋軟體的ＡＩ機器人設計十分簡單，基本上就是陪公子下棋的挨打機器人，我取消ＡＩ服務，設定爲只和眞人玩家下棋。可能因爲如此，每一局都是遇到比我級數高上許多的對手，我能贏，只有一種可能：對方自己犯下失誤。

是人總會失手。可能是誤觸鍵盤，或者沒算準氣數，或者就是貪勝好殺，忘了留後路。你知道對方不能接受自己的失手，失手時，有的棋手會怒極直接離線，如果面對面下棋，恐怕就是翻了棋盤，拂袖而去的意思。

而如果遇到布局謹愼而嚴密的對手，他們每一步都會計算思考良久，幾乎耗盡限定的時間。這一型的對手最爲難纏，因爲他們不容易失手，但這種對弈也最精采，因爲我也沒有出錯的空間，所以在這樣的棋局上，一切廝殺都是來眞的，比耐性、比膽識，一切輸贏也都是無可卸責的。

落子極快，一味爭勝、不顧連結的人，也是有的。遇到這種對手，我就會刻意下得更慢一些，因爲對手會不耐煩，進攻更爲躁進。我只要從邊緣鏟入，一鍬一鍬挖掉對方的地基，就能獲勝。當遊戲結束時，系統會計算雙方輸贏了幾目，往往大贏四、五十目，心情極舒爽。

輸了其實也不太難過，遇到等級愈強的棋手，我愈能在賽後復盤中，學習對方的棋路，學對方如何大膽突進敵陣、暗設圈套，也學如何護己、如何破角，如何虛應和取捨。在縱橫的棋格上，一切只剩下透明的計算。

凡遊戲必有作弊者，我也曾遇到存了機心的棋手，開局後，下了一子，就虛手，我不明所以，以爲對方有急事要下線了，故也以虛手應之。雙方虛手，想不到系統竟然判我輸，因爲對方是持白子，須計入貼目，計算結果當然是我輸了。原來對方不是有事要先離席，只是耍小手段玩弄這樣的bug，不投降，倒以虛手引我入個中。那一局令我勃然大怒，從此對方虛手，我必定連追兩步，確認己方不敗才行。

棋局三分鐘的勝負，往往對應現實生活的心境。

這幾年文壇的「MeToo」事件不斷，手法都很相似：加害人表面道義堂皇，背面卻以各種狡詐的精神誘拐、虐待欺騙手法，引被害人入個，又巧妙孤立被害人的社交環境，滾打包收，織出心理上的網籠，讓受害人痛苦囚於心牢十餘年。我愈聽愈怒，但多數案例最後都是不了了之。其中能成功引發衆怒撻伐的少數幾個案例，俱是行惡數十年的老練慣犯。而他們被揭露的原因，正因傷害過太多太多人，終於得意忘形而失手，落下可以被反殺的縫隙。

我不知每一個「MeToo」事件背後的受害人有多少能耐、又有多少年歲可以消磨。

最可恨的是，受害人往往就是因爲先天居於弱勢，或者年輕無知，或者貧窮，欠缺各種社會資本，才會被選爲下手的獵物。但透過學棋，我學會的是：局勢縱使不利，但若能支撐住自己先活下來，就有打成平手的機會；更重要的是，保有一朝反撲的可能。棋局的變化奇妙無比，有時明明是山窮水盡，苦撐到幾乎要棄子投降了，對手卻一個失算，讓我突圍，反攻而大勝。

近來流行的韓劇《黑暗榮耀》，裡面的女主角是一個校園霸凌的受害者，多年後返回故鄉，向當年加害人逐一進行復仇。

韓國人非常瘋圍棋，在劇本中，編劇多次使用了圍棋的隱喻——圍棋的遊戲規則，是黑子先手，可以先行棋，在布局或突進都具有極大優勢。如同劇中霸凌的加害者一樣，家境優渥，擁有錢和權力的先天優勢，可以在人生的棋盤上恣意妄爲。

而白子做爲後手，比黑子晚了一步開始布局，從最初就失去了先機。正如社會的中下階層，人生剛起步，就已經落後有錢人一大截。然而，白子既落爲後手，公平起見，在最後勝負計算時，就需要給予貼目補償。若是對戰能拉扯到圍地不相上下，加上貼目，反而是白子贏了。

劇中女主角正是一個出身貧寒的白子，當她在劇中出場學圍棋時，則一律持以黑子。持以黑子象徵她復仇的積極心態，一開始動手，就步步先行、猛烈進攻，將對手看似完美的地盤四分五裂。戲是拍得峰迴路轉，過程中女主角數次幾乎被逼入絕境，最後卻又成功反擊，設下圈套，然後靜待敵人因爲恐懼而自亂陣腳。

變著太多了，誰先誰後，不下到最後，很難說。

現實生活中，落爲白子的機會何其多？人人都想爭當黑子，而被白子貼目陰過一把的我，卻從此記住白子的優勢。世間尚有多少紛爭，有多少不見血的大戮，白子的強項是要學習蟄伏，靜靜地變強，悄悄地圍地，並等待那看似占盡一切優勢的惡人失手。

在那之前，讓自己狠狠地活下去。

神之一手

學棋日子漸長，時遇瓶頸，近日連著墜入迷霧，找不到方向，讓老師看看棋局。

老師看了棋局，說：你想找最好的一手吧？可是在棋局的當下，永遠不會有最完美的一手。你只能依照當下的局勢，去做出你認爲最好的回應，而眞正最完美的一手，往往是在賽後檢討棋的時候，才能看見的結果。

我又懵懵地下了半個多月，繼續被各路高手痛宰。今天早上秋光很好，我一邊思念著台東的海，一邊開著海潮聲背景音下棋；一瞬間，我看見了神之一手，不存在。

圍棋中傳說的「神之一手」，指的是能在局勢中眞正找到突破點，改變整體局勢，進而定勝負的轉捩點。神之一手確實是精妙且稀奇的，可是其實這一手並不發生在那個決定的瞬間，比較像是：神之一手已經發生過了。從一開始雙方布局、試探，然後漸入中盤，分割，廝殺的一步一步，神之一手一直在發生，也一直在殞滅與被推翻。

因爲神之一手，必須有正確的時機，以及正確的著力點，那一手才會落下並且成立。正如落下一枚海椰子並且送它入風浪，期望它開花結果，但是結果會是多年以後的事，卻不是當種子落下的時候，就能確定結果，我們只能依照預測去做而已。但也因爲形勢的發展，往往都不如預測，其餘的人事物仍然在變動之中，所以新的選擇會浮現，新的道路會展露出來，原本完美的通道則有可能被封閉。所以「正確的」時機，其實也不能使用「正確的」來形容，因爲正確並不存在。

如果沒有眞正「正確的」相應方法，那下棋是下什麼？我以爲我來這幽玄之地找解方，但是才發現解方不存在，存在的，只有湧動而已。

下棋的人統籌、防禦、攻擊，看著那些局勢花開又花滅，每一手都是神之一手，每一手都是當下我會做出的最好的回應——如果怯懦，那就是當下的怯懦；如果猙獰，那也是你當下唯一能選擇的猙獰。然後落子既定，讓結果一一顯現出來。是的，只有在下完全局之後，我們才能看出轉捩點在哪，才會知道是哪一刻你完成了一切。而在其中的人，你只能感覺到碰撞與湧動而已，一切都在湧動之中。

就在這一瞬間，我也看見了衆生。

《一代宗師》之中，有一個高懸的階梯，說武學有三個階段：「見自己，見天地，見衆生。」「見自己」，是知道自己原來屬於什麼質地、擁有什麼樣的資源，知道自己喜歡什麼、不要什麼，自知是學武做人的第一步；第二步是「見天地」，知道人再怎麼天才、再怎麼努力，意志與肉體力量都有極限，見天地是知道人力之一切累積、一切橫生的絕豔，都將有消散的一天。世界上尚有人永遠無法推翻的大能，那是天地與命數，所以學得謙卑而能自持，不張狂，不貪勝，心性平。

可是最後一步「見衆生」，電影始終沒有說明，什麼是見衆生？何謂衆生？

這一刻我懂了，衆生不是給你見的，是你要進入衆生之中，重新融入那個湧動，知道自我是確實存在的一個錨點，但也知道這個錨點，僅僅屬於一種形式而已。在未知中，一切都已知。在那一瞬間我猛然溶入的棋局之中，看見的棋子都有了動勢，都擁有微小的意志，依照它們所處的位置而產生不同的意圖，欲望叢生。喔，欲望來自於棋子落下的位置，棋子是有欲望的，並且產生各自的作用力來。強碰的棋子有強碰的欲望，後退的棋子有後退的思想。

人是有欲望的，因爲我們所處的位置與年歲，因爲我們被放入的局勢，以及遭逢的對象，我們會因應而產生新的意志、動能。可是在那個回應的當下，棋子各自只能考慮自己的區域，並不知道終局的勝負，只能盡可能應對眼前的變動，如此而已。如果你回應的是愚之一手，那麼你就會承受愚之一手的代價，而且，只有當你承受代價的時候，你才會眞正體會那是愚之一手。所謂高手，其實只是在代價來臨時，提早幾秒鐘理解，並發出無聲的慘叫而已。如果你做出了漂亮的一側擊入，就要喪失其他角度的可能性；你執燈照了夜，則麗人來，魑魅魍魎也就要趨光而來。

也就是說，在棋局之中，人人皆淸明，人人亦皆愚癡。因爲那個愚癡是變動值，你順著人家的流走，則你的代價就是順服；你逆著人家的勢走，要付出的代價是犧牲。老師說：圍棋說穿了，就是交換。你願不願意用這一塊地去跟他換取那個權利？對方答應不答應？如果不答應，那麼形勢就會再次變動。一小塊、一小塊談判完成了，勝與負才會浮現出來。念想是虛妄的，但是念想確實存在，確實有力，我們是在念想中融入了世界，也在念想中獨立，浮潛並且呼吸。

圍棋不用做出眞正的神之一手，因爲你的每一手，都是有價值的。因爲你的念想就是當下你能做出的最好決定了，你會一直向前，一直找尋正確的著力點，可是你同時也知道自己就是一枚棋子，並不需要爲自己的存在辯駁，棋子的存在，並不是爲了證明正確性而存在，是爲了衆生的湧動。

所謂衆生，是愛啊。

圍棋是價値的遊戲，我卻在其中見到了愛。

陰影至深處

隨筆

書法與陶塑是一路的，做陶時有種很強烈的感覺，我是和空間工作。

雖然拉坏時要使用到手指頭，但其實卻不是手在工作，而必須動用到背部與腹部的肌肉，也就是核心肌群的部分，如此一來，拉坏方能又快又穩定，而且手才不會受傷。

所以說，當我想要拉坏做出某個器型時，雖然大腦根據想像給予了指令，但其實並不只有眼、手在合作而已，是整個身體都投入到拉塑之中。身體重心的偏移，或者精神上的怠惰，其實都會影響器型塑成的穩定。

熟練的匠人，可以做出極爲穩定一致的器型，與其說是他們的手巧，不如說，他們的身體已經被訓練得非常凝練與強壯。我經常驚訝於人的肉體如此精妙、不可思議，肉體帶領我們能抵達的感悟，往往比文字思緒所能觸及的更深遠。

當土條在轆轤上被定住，並且隨著身體的節奏伸縮、壓平、再拔高時，就像一個奇妙的空間正在被拉扯出來。拉坏通常都是爲了製造中空的器物，在那個框架之中，器物可能必須承載水，或是茶，或是酒，或是一無所有。於是虎口拓寬、打開那個空間，延展到適合的形狀，空氣、速度與身體合作無間，舞蹈亦然，書法亦然。

書法似乎掌控的是線條，其實也是雕塑空間的藝術。書法老師總是說，行筆運氣，要看筆意，更要看整體的行氣。每次讀到懷素的〈自敍帖〉，或者蘇軾的〈寒食帖〉，總是深深感動於氣韻之生動。書法之美並非完全來自文字造型美，而是書寫者在平面上開展出一個不可言說的速度與空間。那個速度對抗著時間，並留下一些軌跡，讓很久很久之後觀看的人，都得以依循速度，回到事件發生、書寫的當下，剎那即永恆，一次一次的重播，然後凝結，並隨著觀看的視角轉移，再次消散。

雲門舞集的《行草》亦然，那不是一支舞，也不是一齣戲，《行草》是一連串空間。

據說懷素寫草書會整個身體投下去，以髮沾墨書寫，似癲如狂，這恐怕並不只是行爲藝術的濫觴而已。因爲他用肉體去感知，並且試圖去打開一個宇宙。書法藝術非關腦子中符號語彙，需用軀幹中的血液、肌肉去翻轉、去摩擦空間，產生流動。

那裡既沒有虛假，也沒有說謊的餘地。

藝術創作，我想其實是一種人類續命的嘗試。進入中年的我，已經不再全然信仰思維與論述，我感謝擁有身體、感謝擁有病痛，身體病痛給我侷限，而正是身體的侷限，才能讓我打開人類之外的無垠。

三昧

畫畫的時候，畫得好，會入「三昧」。

三昧是佛典用語，原爲梵文「Samadhi」的翻譯，漢語翻譯爲「定」，投入一種不動，一切思慮止息凝心之意。入三昧的人不知道自己在哪裡。沉浸在筆觸和筆觸之中。不斷地探索。我看過多次，即使最爲浮躁暴戾的學生，畫畫入三昧時，眉眼會放出不可思議的光輝來。

這使得我不禁想著：人啊，這種存在，確實是生來帶明性的。

榮格相信人類共同擁有集體潛意識，神祕主義的信徒則深信宇宙有個阿卡西紀錄（Akashic Records）——超乎已知這個象限、與其他宇宙相連的資料寶庫。我是不愛神鬼論調，但是畫畫時，確實能夠超脫當下，與不可思議的瑰麗接軌。

最近流行的ＡＩ繪圖，再次掀起一波「ＡＩ演算圖是否算是藝術創作」、「ＡＩ演算圖有無藝術價值」的討論。這一切討論，其實仍然會指向回歸「人爲何而生？爲何創作」的基本命題。

ＡＩ演算創作的方式，其實和人類藝術創作的路徑相當一致，電腦從網路極爲龐大的資料庫中挑選出可用之元素，並且依照指令的風格進行重組。正如同人類藝術家從眼見耳聞的外在環境中採集概念，從生命經驗中汲取情感，甚至是從遠古的傳說，從潛意識中提取資料，最後匯成結果。

那麼，對ＡＩ來說，它所取用的網路資源、人類累積出來的知識庫，也可以說就是它的阿卡西了。對ＡＩ來說，人類的意志，會是神的意志嗎？

知名科幻小說《銀河便車指南》（*The Hitchhiker's Guide to the Galaxy*）中，直指地球只是一台電腦，是宇宙高等智慧生物爲了演算出「生命、宇宙和一切的終極問題」，而建造出來的超巨型計算機。星球上居住的生物、挪威峽灣、美洲大陸都是被設計出來的，而人類只是一場意外的錯入變因。最好笑的是，在那之前，宇宙智慧生物已經用超級電腦算出了生命的終極答案。

明明有了終極答案，卻完全無用。因爲你必須知道對應的問題是什麼，答案才有意義。所以問題來了：什麼才是「生命、宇宙和一切的終極大問」？

我深愛《銀河便車指南》，我的所思所想、我的實踐、我的永恆與當下，很可能也只是一組演算數字而已。這樣的假設令我覺得非常自由，非常喜悅。有人的存在是演算爭鬥、有人則演算和平，每個人的存在都有它演算的目的，如果我在演算之中得了歡喜與安慰，那是因爲歡喜與安慰，原來就已經藏在我裡面，就在通過我時顯現了。

我並不眞正相信世上有高於我的智慧生物，文明興起與崩塌或許都只是一場演算。應該說，我深深理解自己的演化可能僅僅出於無知，我的一切探問都是無知，我做的一切努力看起來像是要去打破無知，但其實只是讓無知更加巨大而複雜了。

有人說，創作是爲了證明自己；也有人說，創作是爲了榮耀神。

我不知道有沒有神，但我想，人的存在，頗近於孩童嬉戲時，吹來一堆湧動的彩虹色的泡泡，在相互映照、折射時，改變彼此的光澤，即刻便滅，即刻又起，那是超越一切智識的印證。所以當人專注繪畫時，散發出的光，確實是某種的神之光吧。當他們放下畫筆時，離了三昧，光就黯淡了，他們已經不再是折射光的通道，只是一個個極有限的載體而已。

我們都在這股溫暖的動能之中，如此疏離，如此獨特，卻也擁有著共性，絲毫沒有分別。

三昧是一種狀態，佛典中，三昧是入禪定，而入禪定是爲了什麼？是爲了得到智慧嗎？是爲了得到救贖嗎？都不是的，智慧會因蒙昧而消散，生命的老病死照樣會來，可是三昧的狀態，讓你完全連結到此刻，那一刻你是永恆的。

這一刻，你得到的是定。

因此畫畫入三昧時，出來的作品必定是極好的。在那之前，人腦事先的構圖、所有色彩配置都相形失色，若能畫到入三昧，出來的作品不是邏輯尋常的形貌。唐宋畫論給予這樣的創作位置爲「逸品」甚至「神品」的定位，指的就是作品已經超越了一般的智識邏輯。可是我不是爲了得神品去入三昧，神品只是入三昧以後必然的結果。

我時常感動於人的創作。人的創作是很渺小的，沒有什麼眞正偉大。人是一組可以一下子就「啪！沒了！」的脆弱載體。在這載體上，惡念與善念都小得不足爲道，但爲什麼，人可以創作出美得不可思議的東西呢？這載體的問題並不是「渺小的我要往何處去」，而是「我此刻如何面對世界」。未來與過去都是一個假的命題，眞正存在的是此刻，現在式，不斷不斷不斷疊加。

畫家在這個縫隙中創造縫隙，我們的創作既是對於此刻的紀錄，是抹消，是抵抗。問：何謂極限？何爲我應當問出的，那個終極大問？

此刻的我這樣問著。

甜蜜點

學咖啡那幾年，讀了很多企業管理和創業的書，當時很想跳離磨耗心神的教學工作，下班以後去學個一技之長，暗忖學會了烘咖啡，哪天辭職餓不死，可以自己開店。

烘咖啡豆是烹飪科學，首先要了解豆子的產地、品種、莊園特色。再來要了解焙度。烘焙過程中溫度的變化，會帶出咖啡豆的不同風味。一開始，生豆會先從青綠色狀態脫水，然後慢慢地，豆子裡的二氧化碳和其他氣體溢出，產生細微爆裂聲，稱爲「一爆」。一爆開始時，豆子呈現肉桂色，屬於極淺焙到淺焙的程度；而後隨著溫度持續升高，產生降解反應，糖分開始轉化，產生許多化合物，包含香味物質與氣體，此時進入中焙，豆色轉褐，單寧酸愈發減少，風味則展現出焦糖味與豐富的甜感；接著溫度持續攀升，開始胴裂，又稱爲「二爆」。豆體的水分與氣體內外趨向一致，豆體急遽膨脹開裂，使二爆聲響亮如炮仗。二爆以後，豆子顏色轉爲褐黑油亮，進入醇厚深焙的區域。

烘豆過程中，會有兩次升溫的區段，一次是一爆前的斷生，一爆後，會繼續升溫，或持溫一陣子，在那過程中滑行。愈貼近二爆，豆子尖銳的口感會被磨掉更多，烘豆師可以利用溫度曲線的變化，去調整豆子的風味。二爆過後、修飾過頭的咖啡，則會只剩下濃郁的苦甜，失去活躍的前段香氣。

優秀的莊園咖啡豆，因爲本身前段的香氣表現精采，往往採取淺焙方法來處理，盡可能保留清爽優雅的酸味與花果香，甚至是柔和的青草香。然而坊間有很多號稱淺焙的咖啡豆，其實烘焙溫度不到位、沒烘透。沒有烘透的咖啡豆，會帶有一種生草根的「腥味」(tshènnbī)＊。我很怕喝到那種帶著腥味的豆子，一方面那讓我想起菜豆仔的豆臭，另一方面沒烘透的咖啡豆保存不易，可能帶有黃麴毒素汙染的風險。

＊**腥味：**植物特有的生青味。

因爲近年來非常流行淺焙咖啡，不知不覺中，深焙咖啡被誤認爲是老一輩的人才愛喝的；或是不懂精品咖啡、不懂得欣賞果香的人，才會選擇喝中深焙豆。有時出去喝咖啡，我問有中深焙的豆子嗎？還會被店家翻白眼，說我們家基本上都是精品淺焙豆喔。沒得選。而咖啡端上來，我就遭到豆腥味暴擊，又怕說出口會變成「奧客」。不敢抱怨，有時忍不住向店家問一句：豆子好像表現太生了些……？店家會說，因爲淺焙的豆子比較偏酸是正常的喔。聽了更氣，打著新潮的流行術語欺騙無知的消費者，豆子夾生你是喝不出來「逆」(nih)＊?!

有時我會爲店家找理由，心想因爲每一台烘豆機的狀況不同，溫度也會有落差，帶著草腥的豆子，可能只是這次一爆後滑行時間不足，就結束烘焙下豆了。結果表現出來的並不是明亮果酸，而是帶著尖銳感的酸。因爲豆子不夠熟，如果沖煮濃度稍微厚一點，萃取出太多單寧，苦澀咬舌的缺點馬上顯現；所以淺焙咖啡，往往店家也會萃取得淡些，幾乎像是咖啡茶一樣的煮法，其實是避免暴露缺點。

有點可惜，爲了追求香味花俏，喪失了咖啡豆原有的厚度和餘韻。

＊**逆**：台南腔特有的台語語尾助詞。

我常常覺得，學了咖啡，其實還是繞回來變成創作的一部分。或許年輕的我也喜歡清雅花果香，但是過一陣子，那對我來說就太薄了。花果香是很好，可是重點是裡面的東西要熟。

沒烘透的豆子，就跟沒畫到位的畫作一樣尷尬。大學時，很常被老師說作品沒畫完，可是一路畫到完，我卻又常常畫過頭、修飾過度，把作品「窒死了」。於是總在「畫太滿」與「沒做完待續」的兩端中擺盪。比起沒畫完，老師一律建議畫滿。可是我很喜歡畫作未完待續的狀態，那使得靜態的作品產生一種流動性、不滿足的動能，十九歲的我其實無法說出我想追求的「那個」是什麼。十九歲的未完成品，當然是眞的未完成；而要到了三十來歲，才終於能掌握作品眞正的純熟度，是既能保持流動的空間與動能，但卻又必須確實斷生，不會產生「啊這個眞的不行呢」的腥味。

那二十歲到三十歲的我，這十幾年所做的，就是看似平凡、一爆後的溫度滑行吧。看起來不聲不響地毫無進展，還減損了一些淺焙的閃光感，但是焦糖化的厚度卻悄悄累積了上去，支撐起架構。香氣表現固然重要，餘韻也不能偏廢，能夠成就一杯好咖啡，不能只有縹緲的氣氛。

教我烘豆的師父大維告訴我：每一位烘豆師想要表現的方式各不相同，但重點都是要找到這支豆的「甜蜜點」。先了解這支豆子的產地品種特性，確認想要修飾的是哪一方面的缺點，想要表現的又是豆子的什麼優勢？在香氣、架構各方面表現都達到平衡，最後一步就是掌握情緒的表現，形塑風格。

而且，每一台烘豆機器會有自己的特性，每一批豆子的進貨狀況，也會隨著季節、運送過程與保存方式，而產生微小差異，甚至烘豆當天的晴雨氣壓，也會影響結果，有時很難直接公式化地去套用一爆後幾度下豆才是好？往往都還是必須靠烘豆師眼睛和鼻子的判斷，才能掌握烘豆的精髓。簡單說，烘豆不能靠浪漫想像，但也不能完全倚賴科學數據，兩者相輔相成，還要再加上經驗，才能掌握「甜蜜點」。

最有趣的是，大維說，烘豆這麼多年，他的心得卻是：一支豆款，往往會有兩三個甜蜜點。本質清爽的豆子，可以透過溫度調整，來做到輕盈與厚實的並重；而本質醇厚，結構紮實的豆款，亦可以表現花氣襲人的一面，端看你如何思考，如何細緻地掌握而已。

創作也是吧，左搖右晃一陣子以後，終究會找到作品的「甜蜜點」。成熟的創作人，能認出來成就的到底是花果香還是夾生的「腥味」？是深邃的甜熟，還是油滑過頭的「臭火焦」（tshàu-hué-ta）味＊？我有時萬般尋不到那個甜蜜點，有時又讓她輕縱而逝。年輕時心裡很是焦急，覺得自己到了三十幾歲還做不出成績來，人家都說不管是作家還是藝術家，出名要早，我這一生恐是白費了。

後來，讀到英國小說《到葉門釣鮭魚》（*Salmon Fishing in The Yemen*），一讀穿心。《到葉門釣鮭魚》和《凱旋門》（*Arc de Triomphe*）並列我此生最愛的小說，其中雷馬克（Erich Remarque）三十一歲出版《西線無戰事》（*Im WestennichtsNeues*），轟動文壇，此爲他一生最爲知名的作品，少年得意；而富麗的《凱旋門》則是雷馬克四十七歲的作品，亦稱壯年。總之雷馬克即是早慧、早早成名的作家，令我心嚮往。但是，保羅．托迪卻是在文學系畢業後，就轉行去做海事工程，直到六十歲退休，才推出第一本小說《到葉門釣鮭魚》，被譽爲「英國文壇最老的新秀」，而後，托迪幾乎是每一年就

＊**臭火焦**：燒焦之意。

出版一本新作，直到二零一三年過世爲止，他在人生最後的七年之內，總共出版了八部長篇小說，幾乎是超新星爆炸式地燦爛。

這兩本小說，已被我閱讀過不下百次，每一次讀都震盪不已，都能看見一些之前還未能窺得的寶藏。對我來說，這兩本小說分屬兩位作家最完美的甜蜜點：《凱旋門》有雷馬克的強壯與苦澀；《到葉門釣鮭魚》有托迪的豁然與圓熟，厚度與尖銳都恰如其分。然則，這兩位作家的甜蜜點，都不止有一個，他們都在自己生命的基調之中，一次次交出了不同的甜蜜點——於是我也就慢慢地，從那些莫須有的焦躁中釋懷了——其實是我心裡想要的甜蜜點，還沒有抵達；而且，可能就是不會太早抵達，還在滑行，還在慢慢轉化。

後記：爲了喜歡咖啡，特地去向台南的自烘咖啡店「跳舞的羊」跟大維學烘豆。每次談烘豆的看法，其實都是在聊創作。烘豆實在是足「趣味（tshù-bī）」＊。

＊趣味：有趣、興趣。

論格局

最近在看NETFLIX的《五星級廚神》（*Five Star Chef*），眞好看，本來以爲是地獄廚房那種造噱頭洋芋片劇，想不到每一集都好看。

其實就是英國的五星級飯店餐廳，辦了節目要甄選主廚，不是找行政主廚，不是找副主廚，目標是能眞正營運一間高級餐廳的廚房領導者，於是節目企畫了廚藝擂台。來者有私廚、有餐酒館業主，有經驗多年的副主廚、有跨表演領域的創意料理人。考驗一級一級上去，第一關先考廚藝與品味，看能不能掌握食材特色、調味、擺盤基本功，然後再考桌邊料理服務，看能不能流暢應對客人、營造愉悅的用餐氣氛，考驗下午茶拼盤、考驗商業午餐的獲利模式，還考驗辦桌工夫——上百人的大宴席如何順利團隊合作出餐？

太好看了。

每一位參賽者，都不斷地被評審詢問重複的問題：你如何用料理表達你自己？作品是否具有一貫性？你眞正想傳達的概念是什麼？你有達到你想要的格局與高度嗎？你對自己滿意嗎？這些質問，放置在繪畫藝術之中，也是必答的基本題。

專長做家常料理小吃的廚師，他就得拓展自己做奢華宴會大菜的經驗與調性；專長表現單一民族菜風味的廚師，也終究得面對不同國家顧客需求的文化衝擊；創意滿點的廚師，最後卻敗在噱頭勝過實質、出菜沒煮熟的窘境。每一關都是直指個人罩門的硬仗，眞好看。

好像在看大學評圖，評審時而懷柔，時而嚴厲，但是評審最嚴厲的時候，就是參賽者擺出一副「我就爛，我就做不出來」、「這就是我的風格我的骨氣，客人愛不愛隨便」的狀態時，評審才會眞正的言辭犀利起來。

我最喜歡其中一段，是出餐一開始準備不順利、參賽者明顯壓力過大，評審於是多次詢問參賽者：你現在需要我們怎麼協助你？但是參賽者拒絕他人協助，最後導致出餐進度嚴重延誤，客人在等、外場在催，評審眞是氣急敗壞，說：你是主廚，你需要下決斷，看是請外場送個起士、送個麵包小點還是開瓶酒，然後明確告訴外場你還需要幾分鐘！讓大家協助你！

廚房是一個團隊，不是搞個人秀。你的格局不能在一盤菜之內，爲了面子硬要逞強裝闊，只會把整間餐廳都拖垮，所以好主廚不能只顧著自己一人的節奏完美，而必須跟整個餐廳呼吸韻律一致、領導衆人起舞。

要做一個廚師，先做一個人；要做一個詩人，得先做一個人；要當一個好畫家，你還是先做一個人。把人做好來，其他再說。

《五星級廚神》看似是做奢華享受的節目，其實裡面講的全是最簡樸的人之進退。而被刷掉的參賽者，也並非因料理工夫不好被刷掉，眞正導致失敗的原因，往往是因爲並未審愼考慮自己的狀態、團隊的節奏，逃避問題與壓力，導致料理作品終於出現大麻煩，而遭到淘汰。這節目核心裡談的是格局。經營者要有格局，所以大宴、大菜是考驗關鍵；小品小酌看的是個人生命經歷之美，大菜確實是入世修爲。

現在的我，看藝術作品，也終於稍微看得見格局了。

格局並不是表面上的構圖、色彩或議題、篇幅長短，都不是。格局指的是調度一切想法的廣闊感，並且根據主題去調整作品的節奏、篇幅，留下適當的表述空間。

大學的時候，美術系學生會被要求做大型作品參展，畢展不成文的規定就是一百號，學生以爲大作品就是厲害的、好的，但其實那都只是練習，讓學生練習某些主題適合一百號規模的大作，而某些主題只能撐起十號的尺幅；練習組織元素；練習從經典摹寫中，碰撞出心內眞實的想法。

畢業後，大家都對於那些百號大作的收納感到困擾，後來幾乎都丟掉了，不可惜，因爲那些作品該帶來的訓練已經達成。藝術家要能調度作品中的元素，組織動線、分配色彩，最後是否能形成協調性。即使處理的是違和感與不協調，那些尖銳也都會在藝術家的調度之中達到平衡。

小品其實是容易的，只要掌握一小段節奏就好。這一點意見，我與很多批評者相反。年輕時我曾致力於追求小品超逸之美，相信在一花中見天地、在平凡無爲中見眞章，應該是最難的境界。而後發現，正因爲小品只在一花一天地之中展現意義和餘韻，切入點小、單一且明確，所以對於熟練的藝術家來說，反而是最容易取巧、藏拙的規模。把一個小小的東西做好，是個人技藝的高標，可是那還不夠。

大型作品需要更爲豐富的論述空間，元素宜多，空白宜猛。此生唯一一次看巨幅作品被感動到流淚的經驗，是看克利（Paul Klee）的作品。那並不是創傷被觸動、悲從中來的眼淚，而是在觀看色彩線條的時候，眼淚就自然而然地不斷湧流出來，內心的激動是一種充滿延展性的喜樂感，相當接近進入某些教堂或廟宇的經驗。從此我理解到藝術家的天職其實近於神職，造橋者必須要連結到難以任何語言述說的超自然感動。

廚師做得頂尖，被譽爲廚神，也是這一層意思。人人都想要登上神之頂點，問題是怎麼達成？每個環節都要適當，每一個衝突點都要正確發聲，這樣才能造出連結正確的橋。何謂正確？何謂適當？這樣做是否過頭了？怎麼處理才不過頭？怎麼處理才不會太輕薄貧乏？我的想法是否眞誠？是否武斷而過於片面？那不只是作品的問題，也是藝術家對於自身心性處事的時時刻刻磨礪，學藝終究是要修心。

就當代流行的藝術批評來說，往往只討論作品、不討論藝術家的人生。這一點就作品批評來說是對的，但是對於藝術家的教育養成，卻是絕對錯誤的意見。因爲過度強調作品至上，所以藝術家眞以爲自己可以任性妄爲，不修心。於是作品就出現過多的個人欲望表述，不夠戒愼恐懼、以爲自己的意見就是神的意見了。鼓吹這樣的藝術家養成、爲之造神，終究導致藝術家自身的覆滅而已。

創作倚靠的是藝術家的體力與心的耐力，是兢兢業業，不是瞬間的爆發，而是要把飽滿的爆發力、與留白的稀微，都融於一體。

過猶不及，中庸何其難。

當然大作品也有優勢，因爲量體大，所以某些弱點可以用花俏與氣氛去帶過。現在的我，認爲最刁鑽、最難經營出佳作的，不是小品，不是大作，卻是中尺幅，大概三十到五十號左右，要能合度，最不容易。陳澄波的中尺幅就很精采，他的用功是真的都有成績、都很好的。作品中有簡樸、有真誠，又耐煩、又不耽美有氣魄，真不容易，那些恐怕正是年輕時的我，視而不見的好風景。

論質地

快要四十歲了，還是已經四十歲了？我始終搞不清楚亞洲人虛歲和實歲的算法。我是一九八四年生，今年（二零二三）應該是四十歲？看一看藥袋，醫生總比病人清楚這個身體的年紀吧，結果藥袋上寫三十九歲。總以爲自己已經四十歲好久了，結果走了這麼久我還沒走到四十歲。

四十歲的課題是「質地」（texture），我之前一直翻譯成肌理，但是其實翻成質地會比較好。二十歲談議題，三十歲談結構，四十歲談質地；創作到現在，我發現質地是最重要的。人的質地不會改，那是與生俱來的本事。議題可以抽換、剽竊，結構可以建設與毀損，但除非重新投胎，否則質地不改。

近來整理舊畫稿，發現其實年輕時的畫，質地挺好，應該要繼續畫下去。但二十來歲時台北藝壇流行的是議題，我的畫作偏偏毫無議題，說本土不夠本土，說女性不夠女性，說政治毫無重量。我試圖描述的一切都太平凡無奇了，是以二十來歲的我對於定位極度焦慮，在任何一個圈子內，都總覺得自己是不夠正統的、尷尬的存在。

三十歲在工作、家庭與創作上處處碰撞奔波，恨不得有三個自己來用，這時已經無法像年輕時任意揮霍時間，就要開始思考工作的輕重排程，並且開始去探索什麼才是好的設計、混亂的作業如何被標準化、如何建立精簡而永續的結構。因此這個時期的我，極爲尊崇王清霜、顏水龍這一類具有設計思考的藝術家。他們知道如何將極爲繁瑣、仰賴人治的傳統工藝進行標準化，並依照預想的方向打磨，精煉成爲好的秩序，使作品能和社會上的每一種階層都接軌，都能因爲作品而得到感動；這樣的設計力，是精緻藝術的極致。

也可以說，三十歲的我，崇尚的是精緻化金字塔的頂點。

但是到了快要四十歲，金字塔爬得太多，猛然一停頓，發現接下來不是比誰的塔蓋得高，而是得看看衰敗的速度了。

這時候突然發現，有些前輩藝術家衰敗得極快，你知道他紅了，可是作品也敗了。他自己也知道的，自己手上的局要到盡頭了，這時候藝術家會開始求新求變，求取突破。而突破瓶頸的依據將是什麼？

議題有一日會消逝，議題是一條漫長的路，是眼睛關注的點、身體跟隨的線。而線會走完，結構會崩潰鎖死。在無望之境，你能夠依憑的，只有自己與生俱來的質地。

二十歲時是看輕質地的，總覺得質地是天生帶來的東西。他有質地、你也有質地，質地是每個人都有的基底，沒什麼了不起。了不起的關鍵在後頭，那應該就是用功了。所以我發憤用功，後來發現用功也不一定能成，用錯了功，那結果還是不能成。

人人都有質地，有人清淡，有人凝練，用功得用對方向，什麼質地適合什麼結構，什麼結構適合發展何種議題，差一不可。質地卻是眞正練不起來的，質地既然天生帶來，只能被認識、被知道，卻不能被養。四十不惑，原來就是一句話而已——知曉自己的質地。

知曉了，就定心了，知曉他人的繁花盛開，底下有著鬆潤的黑土；知曉自己底下影影幢幢的伏流，必定蘊含豐富的石灰質。依著質地，落下正確的種子，方能成林。

又往外一層想，不同質地的人也能相處、也能共事的，但仍然有侷限。有些人天生質輕浮而軟弱的，就只能跟偏倚輕與弱的人在一起，做出輕與弱的作品來，那是適合他的質地。若是輕浮者貪求凝重之勢，作品就要糟了，共事也肯定要糟了，反之亦然。

若不能識出他人的質地不合襯，或是明明識出了，卻騙自己，那也要糟了，再怎麼努力也是糟的。說到識人與被識，《世說新語》有這麼一段：「嵇、阮、山、劉在竹林酣飲，王戎後往。步兵（阮籍）曰：俗物已復來敗人意（這個庸俗東西又來敗壞別人的情趣了）！王笑曰：卿輩意亦復可敗邪（你們這些人的情趣，是可以被敗壞的嗎）？」

這一段，十多歲時在林清玄的散文中讀過，以為人生在世，要細心守護自己的乾淨。長到四十歲了，才知道質地乾淨與否都是絕對，是不可以被磨損與敗壞的，質地會伴著肉體永在，直到滅亡。王戎一笑的是這個，人與人相知的極致，也只能如此了，更復何求。

瀑布

村上春樹在《國境之南．太陽之西》中，有一個小節，描述主角與心愛的女人島本在高速行駛的車上，女人突然靜默起來，呼吸變得微弱，幾乎是快要死掉一樣，瞳孔的光也消失了。

那一瞬間主角以為自己就要失去這個女人了。

這當然是隱喻，村上向來擅長使用各種精準的隱喻。關於人漸漸步入中年，一切在表面上都還年輕漂亮地進行著，但是活著的不確定性正要消失了，人生最重要的、關於未知的可能性，那個寶藏就要在眼前消失了。無論如何都想要緊緊抓住，不想再讓那憧憬消失，村上為了描述這樣的中年危機，而讓島本瀕死。

日常生活，不太容易出現這樣突然死掉的情節。好好的一個人突然在你眼前就要死掉了，原有的一切秩序就崩潰。但也不是不可能出現。我們總覺得死亡應該是一個包裝得好好的、有一些行政手續要跑的繁瑣事，因爲會帶來相當大的不方便，所以我們盡可能推遲死亡。

但事實上是，人眞的會突然死掉。

每逢二月，我就感覺歪斜，那歪斜是「留下來的人」才能擁有的歪斜。人如果在經歷震盪之後繼續活下來，就會變得像是被撞歪的角鋼架一樣，雖然失去了原來筆直的樣子，但也不是完全壞掉，還是有力量可以支撐著冷氣主機。

或者像是不知何故損壞了的排水管一樣，其他的部分還是可以排洩雨水，但是有一段區域的水勢會突然不一樣，形成瀑布。

那種突如其來的轉捩點，誰都有可能碰上。身上有瀑布痕跡的人，會認出對方，認出那種鏽痕與歪斜，也認出歪斜到來之後，在生活中重新形成各自安適的樣子。

瀑布來過之後，會定期造成一些麻煩。比方說牆壁的油漆因此而留下不完整的水痕，走在騎樓邊，雨傘會突然被巨大的水柱沖擊而嚇一跳。因爲水流失去一致性，於是人生形成了一個微妙的漩渦，之後餘生所做的全部努力，似乎都在努力避開這個漩渦，或者，在漩渦的旁邊，一邊小心不要讓自己被拉進去，一邊試著聽漩渦的聲音，與之對話。

瀑布來了以後，生活的顏色也會產生微妙的改變。比方說，飽和度突然被抽走了百分之二，不仔細看的話，其實是說不出差異的，只有在那個差異裡的人會知道。非常、非常徹底的孤獨。

我發現很多人眞正的樣子，其實是懷抱著瀑布慢慢地走，他們一樣在晚上喝著好喝的啤酒，定期上健身房運動，陪著身邊深愛的人慢慢成長，可能也還有機會重新愛上新來的人、事、物。而你知道生命中發生的這一切都是徒然，而這一切因爲必定是徒然的，才會眞正產生意義。

知道說再見或者說加油是徒然的，知道一期一會，只是一種形而上的漂亮安慰。

二零一六年，高雄美濃地震發生的前一日，我和伴侶劇烈爭吵。精確來說，是我大發脾氣，因爲長期單向的無效溝通與疏離，以及不被理解和聆聽的無力感，使我忍不住放聲大叫，伴侶則一貫沉默，關起他自己，那是他的溫柔，也是他的極限。過了幾個小時，整個世界開始激烈搖晃，不是普通的搖晃，而是像有人惡意拿著雪克杯那樣毫無節奏地，把地殼上下甩動的震動。接續在各種破碎聲音之後的，是一聲讓整個身體內臟都簌簌共鳴的轟然巨響。

我們當時距離倒塌的維冠大樓只有一點五公里，那聲巨響，是維冠大樓倒塌的聲音。

巨響當下，我第一時間以爲是戰爭爆發的空襲，骨子裡或許仍有難民對於戰爭的恐懼，過了一陣子，才意會過來：這是場不尋常的大地震。伴侶握著我的手，兩個人都不知所措，那不是跑的時候，只能睜大眼睛，試圖在搖晃中穩住自己。

搖晃停止後，伴侶去查看屋內狀況，向房東回報財物裝潢傷損的情形，我則試圖聯繫上家人，確認所有人平安。同時消防車和救護車在外面激烈地來回奔馳著。到了天亮，我們一邊忙著搬東西和整理環境，一邊慢慢地試圖理解和消化紛沓而來的資訊——台南永康區有一棟大廈直接倒塌了，並且壓垮隔壁的房子，現在警消正在瘋狂搶救中，大量捐款和救援資源迅速到來。至於我們，除了滑手機捐款之外，其實什麼都不能做。

一天，兩天過去，七天過去。

後來，《端》傳媒的編輯疏影來信邀稿，要我寫寫「二六地震」之後的台南，我沒弄懂她要我寫的是什麼方向，以為要的是冷硬的紀實報導，但她要我用詩人之眼去寫出地震對台南人情感面的衝擊。我交出了一篇修了又修、不知所云的稿子，從此對疏影滿懷愧疚。

直到前幾天去了「恆志的店」＊，聆聽「臺灣防災產業協會」的震災演講，在那個小小店內，品嚐恆志爸爸製作的美味蛋糕，看著牆上恆志幼時的畫作，和他爸爸的攝影作品，我才恍然明白，之所以交出那篇爛稿子，是因為我自己也還在那一場創傷之中。肉身和精神都是。我沒有辦法超然地用詩人之眼去報導，因為我人就在漩渦裡面，還在顫抖，而我甚至沒有

＊**恆志的店**：編按——店主人林清貴夫妻在二六地震失去兒子林恆志，為紀念與圓滿兒子生前開咖啡店的夢想，兩人在倒塌的維冠大樓附近開「恆志的店」。

辦法理解自己爲何顫抖。

講座中談到，防災週年的紀念與檢討，不完全是保護生命的理性作爲，其實眞正的天災來臨時，誰都無法確保百方之百的生還率，活下來的人，只能盡可能地在每一次的傷痛中修正、再修正。我們知道這些措施，可能會在下次災害來臨時派上用場，但也有可能會再次失敗，但是生與死就是生命的原貌。死亡代表可能性會消失，活著的人，則是那個可能性的見證者。

總是說生命的追求是愛，但在巨大不可違逆的死之前，愛很小，很無力，又愚勇得近乎永恆。

我以爲自己離死亡很遠，可是在二六地震中失去孩子的恆志爸爸，以及排列在牆上的照片們，看起來卻還是如此熟悉親和著。那突然的創傷形成瀑布，而留下來的人，還要面對生活繼續運轉的瑣碎事務，並在活著的每一刻持續哀悼，與哀悼相濡共處，在思念之中，邁出一步，又一步，艱難地長出新葉來。生命是不間斷地向前，更是不間斷地返顧。那是生命史的累積，也應當是這塊土地災難史的累積。台灣人一向不善於面對傷痛，總是匆匆湧出極大的安慰與善意，又匆匆消逝。那漫長的哀痛，其實也一直以同樣的重量，被擱置、封存，在二月六日凌晨驚醒的每個人體內。

療癒與重建，是未竟之役啊。

已經七年過去了，活下來的我，和所有活下來的人一樣，在平凡中掙扎前行，和伴侶、和孩子，近乎愚勇地爭吵著親愛著過下去。瀑布的水珠曾經貫穿耳際，令我知曉這樣平凡的愛有時盡，那生之盡頭與允諾，深深地扎在我的肉體之上、我所有記憶的流動之中。而後面的日子還有太多磨耗、遍地荊棘，我得去消化這個知道，並且履行這個知道。知道人的力量很小，記憶悠長；而我們曾幸運地在瀑布面前，與死亡擦肩而過，僅僅濕透。

回頭

王家衛電影《一代宗師》裡頭，盡是老套、英雄旅程與江湖行話，但是我非常愛這一部片，因爲王家衛用了這部片子談了不少創作的「鋩角」（mê-kak）＊。

傳統的師徒反目那一場戲，導演不花什麼心思，直接用招術來做譬喻了，師父宮寶森和已生貳心的愛徒馬三談話，談八卦掌的訣竅。宮寶森說：「老猿掛印回首望，關隘不在掛印，而在回頭。」

馬三硬擋了一句：回不了頭呢？

我深深爲了這一句話流淚。當然不是爲了馬三不愛國流淚，馬三愛不愛國那個都是假議題，重點是，宮寶森愛馬三。

＊**鋩角**：芒角、稜角。比喻事物細小的關鍵處。

這一段我以爲並不能做國族與師門的叛逃來解，我認爲這一場戲，要放進馬三的瓶頸來解。

馬三在劇中的地位很高，宮二小姐原訂出嫁爲人婦，再不問江湖事，那麼馬三就是宮家八卦掌接班人了。可是馬三差一步，上不去，成不了接班人。在這部戲裡面，工夫差一步，就是心境差一步，裡和外無悖反。

馬三必然是聰慧之至的才俊，才能做到候選掌門人的位置，可是他的才智與工夫始終上不去，差一步搆不到掌門人的資格，這就是所謂的瓶頸。所有的技藝之路都會遇上瓶頸，瓶頸代表大突破、大飛躍之前的掙扎。習武與任何創作都一樣，境地愈是走得高妙，遇上的瓶頸就會愈加凶險。

馬三必定在那個瓶頸上卡了非常久，以第一高徒的身分，他突破不了，就會心急。才智高之人，知道面對瓶頸就是反覆地鍛鍊，但是鍛鍊愈深，技巧浸淫愈久，就容易入魔。

「入魔」是宗教用語，固著於泥淖一點之中，愈陷愈深。因爲使用了錯誤的力量去改變現狀，形成燦爛但必死的掙扎局面。馬三有野心，他無法克服眼前的瓶頸，於是向外界求索，以其他人能提供的榮利來試圖進行跳躍。宮寶森是非常疼愛這個徒弟，所以他對馬三直白地說了：你眼前這一關瓶頸的祕訣就是回頭，不要再向前鑽營了，不要再上下求索了，把躁動的心靜下來，回頭看看你自己，這才有空間，你工夫的關隘才能解，我也才敢把位置交付給你，請你誠實面對你自己，回望過去的初心。

馬三說，回不了頭了，我要入魔。

那句話引發師徒反目的動手。宮寶森是怒極且傷心的，《一代宗師》裡面的宮寶森，是一個非常典型的傳統亞洲父親形象，外表威嚴，內心卻柔軟，他的人格特質甚至可說是有些急躁的。與之相反的卻是宮的師兄丁連山，丁連山更理性，也更沉著、善於算計，所以丁連山是做裡子的人，宮寶森是做面子的人。馬三的師門叛逆，若是丁連山來處理，那就沒有什麼老猿掛印回首望了，丁連山會直接把這個不對的苗子安靜拔掉，才不跟你師徒談心呢。

師者如父，宮寶森的憤怒反應是表象，而情緒裡面是做為一個父親的傷心，結果就是讓馬三重傷了自己。我想這場戲想了好久，宮寶森本來就預備要跟馬三談回頭，一定有心理準備要衝突動手，宮寶森怎麼可能輸，可是那個輸有意義的，宮寶森用自己的死，去換馬三有一天可能回頭。

死是最漫長永恆的等待。

我不可避免地把《一代宗師》和《地海巫師》（*A Wizard of Earthsea*）進行比較，娥蘇拉（Ursula K. Le Guin）筆下的天才巫師主角格得，也是被騙入魔宮之後驚險逃脫，知道自己在入魔邊緣了，所以回頭去找啟蒙師父歐吉安。歐吉安跟他說：你不能再奔逃了，你的一切才能技藝愈是精進，愈是會被你的心魔所吞噬利用，你要回頭去找你自己，追捕你最不敢面對的黑暗內在，與他面對面。

然後接受自己的缺憾，與自己和解。

這一陣，寫到了瓶頸，和伴侶談。我說，我時時刻刻用功，已寫到了九十分，可是卡在九十分卡了非常久，就是寫不上九十五分。過去一切處理瓶頸的方法，我都嘗試過了：放空、到外面搞點其他新鮮玩藝兒、寫基本功練素描蹲馬步、複習理論，全部都試過了。

伴侶說，那你可能需要回頭，坦誠地面對自己的情感，不是在作品裡用功。那個回頭也許很小、看起來很沒什麼，但是那有可能就是你的關隘，你對自己的害怕與迴避，終究造出魔境，過了那一關魔考，你就能上去了。

我說，我不知道怎麼坦誠面對自己的情感。

伴侶摸摸我的頭說，沒關係，邊做邊練習，凡事都是需要練習的，慢慢來。

我擦擦噴出的鼻涕眼淚，這才恍然：喔，我被師父摸頭了呢。

氣結

我下定決心，要把全身困擾二十多年的痠痛與僵硬一次解決，那些身體裡的疙疙瘩瘩已經到達無須觸摸、肉眼可見的清晰程度。

這些大小疙瘩，中醫的傷科稱之爲「氣結」，意思是體內「氣」不順暢時，形成淤塞處。明明X光之下看起來都是正常的肌肉骨骼，但是伸手觸之，會有奇妙的小顆粒在皮肉底下滑動，稍加按壓便感到疼痛。「氣」眞是一個奇妙的概念，在東方宇宙觀之中，「氣」指的是生命力能量流動的方式，類似風，風沒有形體，卻能驅動一切。

友人介紹我去做深層的經絡按摩，除了傳統的指壓、撥筋，還有一種「滑罐」的手法。滑罐其實就是拔罐加刮痧的概念，第一次去做排毒按摩，給按摩老師輕輕滑罐個幾下，整個人彷彿被鋸子鋸開，痛到叫不出來；背肉立刻浮出極深極浮誇的瘀血帶，黃、紫的瘀血中，又夾雜著藍與白的小顆粒，像秀拉（Georges Pierre Seurat）的點描法油畫，老師說我體內囤積濕氣太重，所以才會手腳浮腫、氣結橫生，勸我少吃生冷食物，禁絕冷飲才好。

有趣的是，在我平日最感痠痛、如何按摩都無法緩解的幾個位置，例如膏肓，例如肩貞穴，浮出的瘀血尤其濃黑如墨印。老師看看不行，就又往我背上、腰間拔了七八罐。回家洗澡，一脫衣服，兩個女兒一起尖叫：媽媽！你爲什麼受傷了！你變成瓢蟲！

小女兒還因此哭了。

本來半信半疑，不知這樣粗暴的排毒效果如何，徹夜痠痛難眠，沒想到一週之後，瘀青慢慢褪去，我竟得了一個月的舒爽。小腿也不水腫了，肩頸也不痠痛了，這是任何按摩都難以企及的高度——過去經驗的穴道按摩雖然很舒服，但只舒服兩天。而很痛的經絡按摩雖然像是去受酷刑，卻能支撐起一個月的身體平和。

雖然心裡想著要照顧好自己，現實上則根本忙碌得沒空去按摩。以前單身，想去按摩就去按摩，時間和錢都隨意地花用。如今生了孩子，下班就得趕回家煮飯，做雜事，半年能騰出空檔去按個一次已屬僥倖。身體的疲累累積到一個程度，夜夜失眠。沒能淨空的腦子、沒能鬆開的心事，彷彿背負著一層又一層的油膩塵埃，我總覺得自己無所不能，未想這一切都是靠著肉體在擔。直到半夜被小腿和肩頸尖銳的痛給痛醒來，想起之前出版社的社長陳夏民說過，他的手臂因爲長期職業傷害，痛到完全舉不起來，最後乖乖花上半年去做復健。心想我可不能搞成那樣，媽媽可沒有半年的復健時間呀。一咬牙就排了連續好幾天按摩來打通經絡，我非得一次搞定這個爛身體不可。

滑罐其實時間非常短暫，一罐吸下去貼著肌膚滑動，滑一下算兩秒吧，可是我每次去，都覺得時間突然變成千倍之長。第一下滑下去，我還能憋著一口氣慢慢吐，第二下氣就吐完了，第三下我只能咬著牙拚命蹬腿，第四第五下我已經不知道怎麼過的，哄騙著自己正在深深的海底潛水，在一整片無垠無涯的寶藍之中逍遙，此刻的我和這個肉體沒有關係了——這頗類似《少年小樹之歌》（*The Education of Little Tree*）中印地安人忍耐痛苦的方法，就讓肉體靈魂沉睡吧！對不起了肉體靈魂我要暫時跟你分家我要去潛入深海。其實這招根本沒有用，到第六下我就已經求饒了，可是還有四下呢，倒數吧，三下、兩下、一……下！

然後上藥洗，熱敷，讓淤積的氣血活動起來。很奇怪的是，這時候我眼淚才流出來。

多按個幾次，我發現滑罐到某幾個特定區域時，或是經絡按到某些骨縫轉折之處，我會有明顯「醃臢」的感受湧上，不是新鮮的事件，比較像是觸動了某個沉痾永久的夾縫檔案，陌生到我完全無法描述它的輪廓、顏色，只能認出粗糙的情緒反應。有些是羞恥感，有些是極爲濃稠的傷心，更多是狂暴的憤怒，會想要把牆捶破，無可控制地怒吼。

而後，再按摩到相同位置時，那些情緒終於有了線頭。比方說按到股側，我猛然想起年輕時被一個男按摩師傅藉按摩之便，有意無意地觸碰外陰部。當時年幼無知，以爲對方無心，我就隱忍，現在有了世事經驗，便知道對方絕對是故意爲之。此刻才醒悟的我，怒不可遏，真想回去把那家爛店砸了！可惜我連按摩師長什麼樣子都忘記。

又比方說按到左側的淋巴區域，我驀然回想起高中騎腳踏車回家，清涼夜色中騎著騎著，突有機車騎士從我後方靠近，一把抓住我左乳用力揉捏，險些把我扯倒，然後馬上騎走。待我穩住腳踏車，對方早跑得車牌都看不到了。那個恨啊，我以爲早就過了，早就忘了，其實舊傷仍濃烈兇猛宛如昨日。

還有太多太多。有點恍然我這個身體並不是爛，身體本來是很好的，只是遭逢了太多爛事，所以身體忍耐，大腦則催促我用冰涼的可樂和甜食去麻醉痛感，就這麼一來一去，搞爛了。

我和友人聊這種莫名的痛，友人說：聽說有很多女人來按摩時，多半是外籍配偶，會哭到不能自已。按摩老師總是靜靜地不出聲，不做任何言語上的排解，就讓她哭。生命裡有太多無法言說的頹圮了，女人就吞下委屈，讓肉體去承受，時間久了，肉體已慣於負重，可是那些重量終究要反撲的。

做完按摩，身心並不會立刻輕盈起來。當天晚上我必定做夢，都是些極爲混亂、完全無價值的雜訊之夢，沒有任何連貫性，一個又一個事件快速地插入，我永遠在追趕，永遠被否定，永遠在排解難解的人事。彷彿快速翻閱的報紙或是短片，毫無章法的夢境塡滿了一整夜。隔天我會非常非常累，可是那個累裡帶著遺忘，知道自己清理掉了一些遲遲沒能放下的東西，都是小事，累積起來終究會壓垮我，這些無形小事耗損著我的氣，帶來厄運。

長到中年，我終究要相信氣的存在了。

有些人的氣很好，與之相處就極爲愉快、清爽。如同走入明朗的春天、豔麗的夏日之中；有些人孤冷而潔淨，如秋日高遠的晴空，如冬季明晰的雨。這些相處起來自然如同四季的人，都是氣很好的。他們的眼睛也是明亮的，你能看見裡面有湧動的光。可是也有些人，外表極爲漂亮和善，言詞極爲逗趣精巧，但是與之接觸就覺得「腌臢」，情感是凝滯且空無的；若共事，則往往陷入無解的灰暗地帶。這種氣不好的人，眼底帶有一種無光的黑質，我後來吃了幾回大虧，終於認出了那種黑質，只要看見，必定遠避，近身絕對不祥。

中年了，實在沒有身心的資本，再去跟不祥之人虛耗了。那樣的虛耗終究無望，那樣的挫敗本就無解，說不出心上的疙瘩，有時說出來了像是無端抱怨，於是身上的疙瘩就默默地成形了。因爲爛事、因爲惡人，身上的氣流受了阻，形成結節，爲此你還得去花錢按摩，忍痛將氣結一一打開。

過去囤積的氣結，並不全是我能抵擋防範的，而今一邊按摩哭痛，我便下定決心：日後要盡力脫胎，成爲一個不受阻礙、不囤氣結之人。人生如行舟，我已稍稍辨認出了適切的流速與暗潮，且知如何擺動我的槳，照料我風帆之輕盈與乾燥，既然有幸生而爲人，亦有既定的地方要去，小舟不能拖沓，且靜聽兩岸猿聲，過萬重山。

病珠

以前，荷蘭人培育鬱金香，在育種的過程中，球莖意外染上了病毒，竟產生基因異變。原本單純的品種花色，搖身一變，在純白中綻裂搶眼的紫紅紋理，如一把妖火於初雪中燃燒。最著名的品種，被命名為「永遠的奧古斯都」，商人與投機客聯手將這些球莖的價格炒作到極致，當時一株優秀的鬱金香球莖，價值可比一棟阿姆斯特丹的房子，而這樣不理性的「鬱金香狂熱」風潮，最終導向了金融泡沫化的結局。

同樣，沉香樹也是因爲遭受病痛折磨，才能結出珍貴的沉香油，原本健康的樹木受了刀斲，或者蟲咬，或者病菌感染，爲了自保分泌出樹脂，來包裹殲滅入侵的蟲菌；沉香，其實就是樹自己的藥。品質好的沉香堅實而有分量，含油量高的上品，甚至能夠依憑自身重量沉入水中；以火焚之薰之，香氣如蜜如蘭，能鎮魂，亦能安神，也就成了人類的藥。

珍珠也有病的，珠蚌若是感染了病菌，會導致珠色的變異。得了病而自行痊癒的珠蚌，孕育出來的珍珠，散發著一種陰鬱青灰的獨特光澤。若是珠蚌病而死亡，那麼裡面含著的珠也會跟著死了，變成無光澤的濁物。所以說，這樣青灰色的珍珠，實爲倖存者的憑證。

這些青色調的海水珠，被日本稱作「真多麻」，要是能湊上一串伴光均勻的珠串，是天價。我很迷眞多麻，試想著無語的珠蚌，在病痛侵蝕的稀微時刻，努力掙扎求生，最後終於活下來，讓掙扎化作一抹病色，多美啊。不過因爲天然眞多麻的珠色實在太低調了，市面上販售的眞多麻珠，多半經過加工調色，或是輻射光照，使得銀灰珠色更加冷豔，變成犀利的藍光，消費者容易接受。是以無調色、無雜點的完美眞多麻珠相當難尋，更難被人佩戴得出色。我想，必須要是天生帶著霸氣的人，才夠格佩戴病珠卻不失光采。聽聞賣珍珠的女子說，眞多麻珍珠，在商業界另有個浪漫暱稱：「藍玫瑰」。藍色玫瑰，也是人間從不存在的夢幻物事。天然玫瑰欠缺藍色色素，最多只能開出淡紫花朵，所以藍色的玫瑰，只應天上有吧。

生病貌似是件壞事，卻往往也帶來不可理喻的美。活在這個世界，人人追求的是身強體健，都在向前疾行，渴慕著成功與完滿，只有病時，腳步才會暫停。因爲病痛就是生無可避之事，且在肉體可以承受的範圍之內，讓靈魂得以趨近死亡，也就是生命的終結。

生命的終結是什麼？

我想是無能。失去在這個宇宙的話語權，失去能動性。於是在能動性被剝奪之前，病痛先預支了這樣的感受讓肉體知道。

而在那個一步步的趨近之中，人眞正開始思考自身與世界的關聯，疾病是給予了發問的空間。在這個肉體所承載的思維之上，去問人生幾何？我爲何來？

質疑不可得解，於是創作抒懷。從前人家都說，好的藝術家是有病的，優秀的作品背後，往往藏著一個瘋癲帶病之人。有些藝術家是身體上的宿疾，有些則是心病。

因爲有病在身，作品就成爲作者與病共處的選擇了：或者你就耽溺於病，或者你超越病。

少年時期，我喜歡莫迪里亞尼（Amedeo Modigliani），莫迪里亞尼就是耽溺於病的藝術家，筆下的女人充滿一貫顫動的驚心之美，藝術家醉心於空無，醉心於描述欲望與孤絕，而那孤絕也就如實毀滅了他。我喜歡三島由紀夫，三島由紀夫也是有病的，病得鮮豔而張狂，那張狂最後也吞噬了他。在他們的作品中，我感到窒息一樣的歡愉。

但是窒息以後又是什麼？歡愉之後又當如何？

成年後，最喜歡的藝術家卻是馬諦斯（Henri Matisse）了。馬諦斯的主題是生之喜悅，且他追索答案的旅程也更爲綿長：畫家是晚年生病以後，才眞正迎來一生創作的巔峰時刻——因爲老邁，無法爬上樓梯製作壁畫，馬諦斯就坐在輪椅上，拿枝細長棍子，尖端綁上炭筆，在牆上勾勒磅礴人形。當他的關節開始病變，再也無法穩定地執筆畫畫，畫家就轉向繽紛色紙剪貼。

我非常非常地喜歡馬諦斯的剪紙，充滿現代的神話感，遠勝過他早期的油畫創作。

野獸派如果是色彩的雄辯，馬諦斯的剪紙就是在那無數辯證以後的一小片靜謐水光。喜歡他剪出來的海鳥和魚，喜歡那純黑色的伊卡洛斯少年，沒有翅膀，擁有一顆火熱的心，在星空中漂浮。

年少時，執著於技巧的我，或許無法理解剪紙這樣簡樸的材料，爲什麼會是巔峰之作。但經過病痛的我就知道了——伊卡洛斯不用翅膀，他一樣要經歷日光的灼傷，因他是人；他一樣要領略飛行之狂喜，也因爲他是人。

馬諦斯的作品，帶來無與倫比的自由感，病痛或許阻斷了畫筆，但卻開啟了藝術家此生對靈魂的終極詮釋。小時候，以爲是要生病，才夠格當藝術家，等到自己也開始有點病以後，才知曉這其中的道理：疾病不是資格，疾病是生命如實依照各人靈魂的負重程度，送來的珍貴禮物。疾病讓藝術家去探問，去冒險，於是擁有層次和光影，讓藝術家能夠不自矜、不自溺，破除生之樊籬，才能越過病弱的泥濘，發出明亮的質疑。

中年後的我，也開始得到禮物了。因爲過度濫用，身體開始出現一些毛病。比方說，腰痛已經成爲一種固定狀態，幾乎沒有不痛的時刻，因爲懷孕時受過傷，這使我知道某些關節的病痛是極難治的，不可治癒，只能共存。因爲要共存，就得找出一些新的模式，去哄騙那個疼痛，而新的模式讓我更強大也更敏銳。

有才能的創作者，往往擁有暴走的「多巴胺迴路」，也就意味著絕對會迎來的憂鬱症，或者其他大腦過勞後，必須償付的代價。憂鬱症給我的贈禮，其中一項即是擁有敏銳的病識感，能夠認出病症來訪，並且學會像個遠方的老友一般，款待那突然降臨的低落：該吃藥就吃藥，該運動就運動，該寫作就寫作，該畫畫就畫畫——病痛不是來傷害我，卻是來成就我的。使我打開膚淺的眼，知道衆生都有自己的極限；使我無法再輕易指責任何一個人，說明明可以辦到什麼卻不努力。我不再需要知曉與辯駁這個、那個，那些無法對人說明、也完全沒有義務說明的原因。我只需要知道的是，你我都不孤獨。

看著馬諦斯流淚，因爲我知道他的寬容和簡單，是走過無數針扎一樣的苦痛之後，才會坦然如斯。因爲病過而活，所以才能認出病珠的豔色，知道生命爲你準備的答案如此喜樂。

但要說在病痛中得了什麼生之勵志，倒也太籠統了。大多時候，我只是在如同病珠一般的作品中，聽到了某種遙遠的鳴響，去感覺我體內也共同擁有的刺痛。那是如同深淵一般無聲等待的虛空，在其中我孕育著奇妙的想法，讓思緒碰觸神祕水流，並且在蕩漾之中，偶然找到一首歌。如果那首歌是應當被送給衆人的，我會唱出來。歌曲中，好與惡並肩而行，彼此交響。對我來說，疾病不是拿來說嘴的，卻是如此讓人感受著生之斑斕；且讓肉體衰亡，去證得人的侷限，而這些病珠，將成爲我送給世界的禮物。

西恩潘與神奇小熊

一早，為了帶孩子就醫，預留的寫稿時間被耗去大半。開車到慣常寫稿的咖啡店附近，卻又找不著停車位，好不容易終於能坐下來打開筆電了，怎樣也寫不進去；在網路上亂逛、晃悠了一個小時，我愈來愈焦躁，此刻，腦中有個小小的警示鈴聲響起：噢，是「西恩潘」來了。

我習慣稱呼這個神祕人格為西恩潘，在我的想像之中，此人格生著過分好看的刻薄嘴唇，以及對萬事萬物都報以輕蔑態度的冷眼。在臨床心理學的用語上，則稱之為「內在找碴者」的否定聲音，指的是某些人無法坦然接受自己的高成就，始終提心吊膽，認為自己成功全因僥倖或者誤會，心中會不時冒出「我是騙子」，或「天啊，他們一定會發現我是個假貨」、「我這個笨蛋什麼都做不好，一定會出洋相」的自我否定。據說「冒牌者症候群」發生在女性身上的比例，遠高於男性。姑且按下性別養成的社會期待差異，我只想好好處理西恩潘的問題，請他後退，讓我好好工作。

我相信每個人都擁有批評他人時尖酸刻薄的天分，而我的尖酸刻薄，差不多全部保留給自己。西恩潘有著過分敏銳的攻擊性，當我提起筆來，甚至是作品片段還在腦海中遊蕩，剛從溫暖的意識流之海冒出一點點頭毛，就立刻遭受西恩潘的猛烈抨擊——畢竟西恩潘就是我的一部分，我根本無從抵賴也無可掩飾。打個比方，我想寫假吐金菊，西恩潘馬上就開始一連串的逼問：

「爲什麼是假吐金菊？」

「你想寫師大？」

「你想寫台北？」

「那麼多人寫，你憑什麼寫台北？你有什麼獨門的餡料可以寫？」

「才幾歲你就打算寫懺情？眞不要臉。」

瞧，這就是西恩潘的風格。

西恩潘對創作是有幫助的，他就像電影《進擊的鼓手》（*Whiplash*）裡面的惡教授一樣，能精準看見你的天分、也看到缺陷，然後把你逼入極限，讓你在最短時間內衝入修羅，撞上鐵壁，讓你饑餓讓你渴望，看見那鐵壁之後永恆的光——然後你就可以燦爛爆發，或是重殘死亡。

人的肉體與心靈往往承受不了這種無時不刻的暴力，餘生注定會爲此支付出漫長的耗損。

但是西恩潘帶出來的作品行不行？其實還眞的行。作品的狂放、多變，以及極高的良率，幾乎都是西恩潘帶出來的，西恩潘訓練我對個人成就的滿足度非常低，因爲作品永遠都可以更廣闊、永遠有更多未探討觸及的層次，所以我沒有辦法停下腳步來，享受哪怕那麼一點點甜美的自我滿足。但同時我也付出了極高的代價——每個人都只有二十四小時，各自忙碌於家庭與工作，我要如何維持作品的產量穩定與準確度呢？

西恩潘讓我對時間、生理需求，均進行極嚴酷的壓縮管理。打個比方，創作者在開始做作品時，往往需要一定的暖身、思考與校正，放空軟爛一番，把大腦迴路切換一下，然後才能進入流暢的創作。西恩潘是連那個暖身時間都要苛刻到極致——若是別人需要一小時的試手，那我就只有五分鐘；若是別人要敲個五百字垃圾話才能進入節奏，那我只有五十字的「扣打」＊。

漫畫《將太的壽司》有個說法，壽司捏製的手勢動作愈多，壽司就愈容易被手溫影響口感，所以能以最少的動作完成壽司，減少手溫與壽司的接觸，就愈能捏出完美的壽司。精簡的手勢，是一個壽司師傅修練的成就，據說花費十年工夫，才能減去一手的冗贅，漫畫中的絕招「小手返一手」，用最短的接觸時間捏製出壽司，是神人境界。

西恩潘說，那就是你要辦到的，要純粹卓越，不可以有多餘的軟弱。你給我去拿「那個」。

當然，西恩潘要付代價的，代價就是憂鬱症的激烈爆發。

長達七年的睡眠障礙，加上多巴胺迴路暴走後，我墜入將近半年的狂

＊**扣打**：來自於日本的英語借詞「クォータ」，意爲「quota」，配額。

躁與低潮，幾乎賠上了我的全部。幸虧求學時，習得一點輔導實務訓練，馬上啟動身心科的治療與調養，更幸虧身邊還有親友與伴侶細心呵護，否則眞是不堪設想。

病中，我正式替這個殘酷人格來命名，也是得了《地海巫師》的靈感：若無得知眞名，就無法確實掌握眼前的存在爲何物，也無法認識和接納自己。替西恩潘命名之後，三十年來飄渺無形的壓力遂脫出雲霧，有了眉眼表情，我開始練習和自己對話——知道西恩潘是爲我好，西恩潘是我的一部分，愈求好心切，西恩潘愈是強大。但我身上其他的力量也必須奪回話語權。

被西恩潘罵得最慘的，就是我對世界的天眞、最直接的感動能力。我也給負責這個部分的人格命名了：她是一隻拿著魔法鉛筆的「神奇小熊」。小熊笑瞇瞇地在森林裡散步，當有獵人要抓她，小熊就拿鉛筆畫個陷阱讓獵人跳，小熊總是能夠巧妙又幽默地化險爲夷。

小熊的典故，出自安東尼·布朗（Anthony Browne）的繪本《野蠻遊戲》（*Bear Hunt*），隱喻世界是一條叢林小徑，路上會碰到很多美好事物，也會碰上不懷好意的猛獸或壞人，小熊代表的是勇敢與善良；而更重要的是：小熊並不是手無寸鐵的弱者，她擁有一枝可以脫困的鉛筆。鉛筆非常樸實，但是小熊只要拿出鉛筆，發揮創意，就可以改寫故事、打敗邪惡了。

西恩潘相信世界全由混亂與衝突組成，而神奇小熊並不否認這件事；但比起在混亂中掙扎、撕裂，小熊更擅長在傷害爆發之前，就找出善待彼此的正確方式。正如創作總有兩種吸引人的力向：一種是破壞，另一種是承接。西恩潘的強項是提出冒險，破壞既有結構，然後在這激烈的過程中煉金；而小熊呢，小熊負責承接自我與他人，承接當下，也承接所有墜落的、不被接納的聲音。

小熊知道世界上的一切存在都有正當性。小熊完全不需要向全世界解釋自己爲什麼要在森林散步——她是一隻熊，她在森林裡散步，只因爲想散步。而且她感到很快樂，一隻快樂的熊，有什麼問題嗎？沒有問題，沒有任何多餘解釋的必要。

所謂善待，所謂愛，乃是溫柔地陪伴萬事萬物，在小熊的標準之下，好的作品，指的是如何找到大家都舒適的頻率，真誠地把自己的心情奉獻出去。所以，小熊帶出來的作品，是完全不同的力量。

因爲溫柔陪伴，也是一種驅動世界的方式啊。

小熊對我說：嘿，就算你什麼都寫不出來，也可以噢。你只要試著寫出心裡的第一個句子就可以了，那就非常美好了。就算感動很小很平庸，那也是你的感動，誰也無法取代。

西恩潘這時候就會出來罵小熊：濫情、軟弱、投機取巧、不上進。

神奇小熊怎麼做呢？她就拿出神奇鉛筆，然後畫個小門，把西恩潘先關進去再說。等神奇小熊做完眼前的事，等西恩潘的嘴巴不壞了，再放他出來。

有趣的是，在我正式替人格命名之後，慢慢發現每個人身上，其實都有那麼一點點找碴者西恩潘的變形。只不過有人的找碴者是馬龍白蘭度，有人則是羅素克洛（至今我聽過最難纏的，則是凱特布蘭琪。天啊，到底有誰能夠違抗凱特布蘭琪的聲音呢？）而每個人身上，也總有著那麼一隻神奇小熊——釋放信任，活在當下，對世界抱持以無條件的愛。只是有些小熊又高又強壯，有些小熊手上的鉛筆則幾乎與身形一樣衰頹、磨禿了。但不管怎麼樣，小熊和西恩潘總是會找出方法，來與對方和睦相處。

因爲西恩潘其實深愛著小熊，小熊也愛西恩潘啊。

所以，此刻呢，我的神奇小熊，就伸出了她小小、軟軟的熊掌，擱在西恩潘躁動的肚子上，說：「先不要吵，讓我來。」這就是現在我能把這篇文章寫完的重要心法了。

後記

過場是最華麗的返顧

寫這本散文集，多次卡關，有回編輯彥如南下，一罐通寧汽水下肚之後，我們開始掏出女人心事，聊著聊著，就聊出了這句：「詩如定格，散文如過場。」

散文集卡關，原因很多，以技術面上的「坎」來說，我原是寫詩的底子，寫詩是發寸勁，要疾如閃電，瞬間照亮、瞬間熄滅；而散文是慢慢湧起的密雲、沉重貼膚的水氣終至滂沱，整個過程是流動、再流動，然後慢慢晴朗。散文求氣緩、求韻長，這些細節對於寫詩的人來說，相當難耐。但散文所以迷人，正在於通暢平敘之美。

我拿寫詩的習慣來寫散文，很容易落入太緊湊、乒乒乓乓的硬畫面，形容詞太多，或者不夠，姑且統稱之爲詩化散文。這種到處定格的疲勞轟炸病，我極想斷除，卻斷不乾淨(至於散文化的詩，那是既沒想清也沒對焦好的壞鏡頭，不提了)。而我究竟想寫出什麼?我心中有個很模糊的渴望，想在破敗廢鏡和瑣碎定格中拍出一段幾無焦點、一點不露同時一絲不掛的長鏡頭，放手讓鏡頭跑啊跑，那是我想要寫的。

我想像中詩人應該寫出的散文，應該會是那樣，但我幾乎沒有偶像可循。直到二零二二年讀到木下諄一的〈牛肉餡餅〉一文，震驚於其緻密、其清練，絮絮叨叨卻又如此柔和，遂將之暗立為作品的新標竿，要抵達這高度，竿子不能落，此書才有印刷的價值。

當時《玩物誌》業已完成十餘篇，為此目標，全部重寫。有一陣子仍寫成慘烈的詩化散文，一路寫、撞牆、再寫，到最後終於對自己承認:目前我就是個三十九歲的屁孩，只能寫寫三十九歲的屁話而已。人家木下諄一寫得那樣好，是因為人家讀了很多很多年的生活，才能寫出六十歲的春風和煦，對不起，我真的是還遠得很。

年少輕狂，總以為自己是齊天大聖，只要好好努力就能一步登天。忘記了整部《西遊記》都在說一件事:該過的河，你得濕透身子去過;該見的白骨精，就好好去見一見吧；西天當然是一個筋斗雲就能去的，但是孫行者的天命不是去西天，是陪著唐僧、跟著師兄弟去取經。那九九八十一難，那五千零四十八天，才是此行的正角兒。

說說過場吧。過場指的是串接戲劇情節用的表演，演員走過舞台，簡單數句念白、帶過、轉換場景，或是平淡的一小段鏡頭，目標是銜接重要的上一幕與下一幕，讓場域與戲、情緒轉「過」去，明明是弱的，但又是作品的關鍵。過場是接納，更要爲一場該收尾的詞語斷句，然後轉入下一個空間。過去年輕的我，鄙夷過場式的寫作，覺得欠焦點，而寫這本散文集的兩年，卻讓我驚覺過場如此重要。一場戲最好看的、最應看的，可能就是如何處理過場。

《玩物誌》原來預計要寫的是個人收藏史，年輕時頗以張岱爲師，愛其風流，愛其寥落。高中國文選讀〈自爲墓誌銘〉，只讀到：「少爲紈絝子弟，極愛繁華，好精舍，好美婢，好孌童，好鮮衣，好美食，好駿馬，好華燈，好煙火，好梨園，好鼓吹，好古董，好花鳥，兼以茶淫橘虐，書蠹詩魔，勞碌半生，皆成夢幻。」十足中二浪漫的自述，令我傾倒，但課文到此便結束，後半段卻沒有讀到。

後來自己去讀，方知後半段是精華：「年至五十，國破家亡，避跡山居。所存者，破床碎几，折鼎病琴，與殘書數帙，缺硯一方而已。布衣蔬莨，常至斷炊。回首二十年前，眞如隔世。」曾經以爲生命中的繁華是主場，原來那些被埋藏起來的、瑣碎的過場才最重要。張岱以繁華和荒涼告訴我：去啊，去在人生中體驗一切。去學習過場，富與貧、尊與卑、書生與戎馬，用眼睛去看、口舌去嚐，然後知命。命不可解，得與失不可知，但你得去解。

求解不可得，生命中有太多太多的無可奈何了，那麼多美麗的想像，轉眼即逝。收藏品注重物件完美，我偏愛破落，是以書中所寫及的收藏品，其實多半無甚市場價值。其價值實是我在那些物件中看見了年少的追求，返顧再三，那些追求與反抗都很無聊，但也彌足珍貴。回頭翻翻玩玩，寫一寫，跟自己的年少告別。書成，正值不惑之年，《玩物誌》是我給自己的四十歲禮物，全書俱是愛過與錯過的，都值得。

本以爲成書很快，想不到一寫兩三年，幸得有才子阿發協助看稿，並回以滿紙俊秀的紅字，諄諄告誡：散、再散、再散一些。長到這麼大，還能得老師的熱心批改，是福氣，感謝再感謝。而彥如做爲編輯，她永遠是第一時間閱讀稿子的人，也給予我最直接的回饋；能牽動人心的佳句，她總是用力稱讚，至於寫得不好的，她就含蓄地不太說話了。她照料稿子的方式，像是陽光雨露照料一缽胡亂生長的小苗，小苗發呆了，她溫柔地澆澆水。結構長得有問題的，她就輕推一把，讓小苗慢慢調整回來。《玩物誌》是如此幸運，得彥如一路照看扶持到問世。

總之，這書勞動太多人，我由衷地謝謝你們，是諸位讓這一路走來如此華麗多采。對，就是說你，妳，你，妳，妳，妳，當然還有你。三生有幸，遇見你。

看世界的方法254

玩物誌

作者———潘家欣

封面插畫———郭鑒予
封面題字———蘑菇
全書設計———吳佳璘
責任編輯———施彥如
特別感謝———青青土氣、跳舞的羊
棋飛圍棋教室

發行人兼社長—許悔之
總編輯———林煜幃
副總編輯———施彥如
執行主編———魏于婷
美術主編———吳佳璘
行政專員———陳芃妤

藝術總監———黃寶萍
策略顧問———黃惠美．郭旭原
郭思敏．郭孟君
顧問———施昇輝．林志隆．張佳雯
法律顧問———國際通商法律事務所
邵瓊慧律師

出版——— 有鹿文化事業有限公司｜台北市大安區信義路三段106號10樓之4
T. 02-2700-8388｜F. 02-2700-8178｜www.uniqueroute.com
M. service@uniqueroute.com

製版印刷— 沐春行銷創意有限公司

總經銷—— 紅螞蟻圖書有限公司｜台北市內湖區舊宗路二段121巷19號
T. 02-2795-3656｜F. 02-2795-4100｜www.e-redant.com

ISBN ——— 978-626-7262-66-5
初版 ——— 2024年3月

定價———400元

玩物誌 / 潘家欣 著 一初版．一臺北市：有鹿文化，2024.03．面；（看世界的方法；254）
ISBN 978-626-7262-66-5
863.55………113001552